la courte échelle

Les éditions la courte échelle inc.
Montréal • Toronto • Paris

Bertrand Gauthier

Bertrand Gauthier a toujours aimé la course. Il a d'ailleurs déjà couru quelques marathons. Pour se tenir en forme, en plus d'avoir enseigné le français au secondaire, il a fondé les éditions la courte échelle. Et il écrit beaucoup. Des albums pour les tout-petits et des romans pour les plus grands.

Ses héros sont devenus la coqueluche des jeunes. Tout le monde connaît maintenant Zunik, les jumeaux Bulle et Ani Croche. Et tout le monde les adore. Quoi de plus normal, les jeunes aiment lire et il aime leur raconter des histoires.

Quand Bertrand Gauthier écrit, il tient compte de l'opinion de ses lecteurs. Il peut d'ailleurs en prendre connaissance dans les nombreuses lettres de jeunes qui lui disent qu'ils se reconnaissent dans ses livres.

Pour *Je suis Zunik*, Bertrand Gauthier a reçu le prix Alvine-Bélisle, décerné par un jury de bibliothécaires, et le prix Québec-Wallonie-Bruxelles.

En plus des six albums de la série Zunik, *La course à l'amour* est le sixième roman qu'il publie à la courte échelle.

Du même auteur, à la courte échelle

Collection albums
Série Zunik:
Je suis Zunik
Le championnat
Le chouchou
La surprise
Le wawazonzon
La pleine lune

Collection romans
Série Premier Roman:
Pas fous, les jumeaux!
Le blabla des jumeaux

Série Roman Jeunesse:
Ani Croche
Le journal intime d'Ani Croche
La revanche d'Ani Croche

Les éditions la courte échelle inc.
5243, boul. Saint-Laurent
Montréal (Québec) H2T 1S4

Illustration de la couverture:
Gérard Frischeteau

Conception graphique:
Derome design inc.

Révision des textes:
Odette Lord

Dépôt légal, 3e trimestre 1989
Bibliothèque nationale du Québec

Données de catalogage avant publication (Canada)

Gauthier, Bertrand, 1945-

La course à l'amour

(Roman+; R+3)
Pour les jeunes à partir de 13 ans.

ISBN 2-89021-113-4

I. Titre. II. Collection.

PS8563.A97C68 1989 jC843'.54 C89-096200-6
PS9563.A97C68 1989
PZ23.G38Co 1989

Bertrand Gauthier

La course à l'amour

Chapitre 1

Première alerte

Je me suis enfermé.

Volontairement isolé.

Depuis trois jours, je refuse de sortir, de manger ou de parler à qui que ce soit. C'est mon droit le plus strict.

Après tout, je suis dans ma chambre et je ne dérange personne. Alors, pourquoi ne pourrait-on pas respecter ça?

Je sortirai quand je serai prêt, je mangerai quand j'aurai faim et je parlerai quand j'en aurai envie. Et ce n'est pas pour bientôt.

— Viens manger un peu, Sébastien. Tu devrais te préoccuper de ta santé.

Ma mère Claudette.

Pauvre elle!

Ma santé, si elle savait comme je peux m'en ficher! Pour l'instant, c'est bien la dernière de mes préoccupations.

— Sébastien, tu es libre, tu le sais et je suis prête à l'accepter. Je n'ai jamais eu l'intention de remettre ça en question. Je comprends qu'à ton âge, la liberté, c'est sacré. Moi, je suis là pour t'apprendre à devenir responsable. Sois libre, mais apprends à être responsable. L'un ne va pas sans l'autre. Et puis, Sébastien, tu commences à m'inquiéter.

Le mot est lâché: inquiéter.

C'est toujours la même chose.

Ma mère s'inquiète à mon sujet et vient alors m'embêter avec ses grands principes moraux.

Comment pourrais-je empêcher ma mère de s'inquiéter à mon sujet? Comment l'amener à ne plus passer son temps à se préoccuper de mon bien? Comment lui expliquer que son fils, c'est-à-dire moi, a presque seize ans maintenant et qu'il voudrait qu'on le laisse tranquille?

Comment faire pour qu'elle arrête de se sentir responsable de moi? Y a-t-il une recette miracle pour lui dire tout ça sans faire éclater un drame familial?

Franchement, je ne crois pas.

C'est pourquoi j'ai renoncé à tenter de lui expliquer.

Le reste de ton beau discours, chère Claudette, tu peux toujours le reprendre une autre fois. J'ai toute la vie pour apprendre à être responsable. Et je ne sais pas si ça en vaut la peine.

D'ailleurs, à quoi ça sert d'être responsable? Je ne vois vraiment pas ce qu'il y a d'excitant là-dedans. De toute façon, la vie dans son ensemble n'est pas très excitante.

Ce que je demande est pourtant simple.

J'ai besoin qu'on me laisse tranquille. Ça ne devrait pas être si compliqué que ça à comprendre?

Et puis, chère Claudette, il serait grandement temps que tu penses à toi, que tu redeviennes responsable de ta propre vie. Ça me laisserait peut-être un peu de répit. Depuis ta séparation d'avec mon père, tu as vraiment eu un regain d'amour pour moi.

Mais comment lui dire que c'est trop?

Quand j'étais plus jeune, ça allait. Opération réussie, maman. Je n'ai manqué ni d'affection, ni d'amour, ni de compréhension, ni de tendresse de ta part. Je t'offre mes plus profonds remerciements. Et mes plus sincères félicitations.

Mais là, ça suffit.

Va donc plonger dans les bras du temps qui te reste à vivre. Et laisse-moi donc nager comme je l'entends dans mes presque seize ans.

Et si je me noie?

C'est mon problème, pas le tien.

Ce qui m'arrive présentement, tu n'y peux rien.

Ni toi, ni les autres d'ailleurs.

— Sébastien, raconte-moi ce que tu as sur le coeur. Ce n'est pas sain de refouler ainsi tes émotions. Tout peut s'arranger quand on arrive à en parler. C'est souvent pire qu'on le pense. On s'imagine être la seule personne à vivre certaines situations pénibles. Mais on est des millions à expérimenter les mêmes choses difficiles. Arrête de bouder et viens donc prendre une petite bouchée avec nous.

Ma soeur Marie-Louise.

Celle-là, elle réussit toujours à me faire sortir de mes gonds. Je lui crie:

— Tu sauras que je ne boude pas. Va jouer avec tes souris blanches et laisse-moi tranquille. Tu sauras que ma vie, ça ne regarde que moi.

Comment fait-on pour avoir un peu d'intimité quand on a une soeur de dix-huit ans qui se prépare très avidement à devenir psychologue? Elle veut toujours tout savoir dans les moindres détails. Elle observe chaque geste, analyse chaque mot et scrute chaque situation.

Marie-Louise passe son temps à essayer de deviner les pensées intimes des autres. Selon elle, tout a un sens. Selon moi, c'est le contraire, rien n'a de sens.

Surtout à la suite de ce qui vient de m'arriver.

Avec Marie-Louise, la vie est un vaste laboratoire dans lequel les personnes humaines sont comme des souris blanches. Les cobayes ne lui manquent donc pas. Il y en a des milliards sur la planète.

Tu devrais te méfier de moi, ma chère Marie-Louise, car je ne suis pas une inoffensive petite souris blanche. Aujourd'hui, je ressemblerais plutôt à un gros crocodile méchant et affamé qui dévore tout ce qu'il rencontre sur son passage. Y compris les manipuleuses de souris blanches.

— Sébastien, tu as le droit de changer d'idée. Si ça t'arrive, tu n'as qu'à m'aviser. Je passerai la soirée à la maison, j'ai beaucoup de lectures à faire.

Même si ce n'est pas toujours évident, j'aime bien ma mère Claudette et ma soeur Marie-Louise. Le problème n'est pas là. En insistant trop et en voulant me forcer à m'exprimer, toutes les deux manquent de jugement. Elles veulent presser un citron qui n'a plus de jus. Ou qui ne veut plus en donner, c'est pareil.

Elles n'ont pas l'air de comprendre que je ne veux rien expliquer. Pour l'instant, je ne peux pas. En ce moment précis, si elles me fichaient donc la paix, que j'adorerais ma mère et ma soeur!

J'ai trop de peine. J'ai de la difficulté à penser clairement. Je suis incapable d'affronter la situation. Les mots s'entrechoquent, s'entremêlent et me déchirent. Ça crée une grande confusion dans ma tête.

Ça fait dix fois plus mal que les pires maux de dents que j'ai déjà eus. Je n'aurais d'ailleurs jamais cru qu'on pouvait avoir aussi mal. Un mal invisible, un mal sournois qui vous possède par en dedans.

Si la vie est injuste à ce point-là, moi, je décroche tout de suite. Ça ne m'intéresse plus de continuer cette absurdité.

Finie l'école!

Ça ne donne rien de vivre et de se retrouver en bout de ligne malheureux comme une pierre. Je devrais plutôt dire malheureux comme un Sébastien. Personne, pas un seul adulte, ne m'avait averti que la vie pouvait faire autant souffrir.

Tous des lâches et des peureux.

Du premier au dernier.

Ils auraient pu me prévenir.

Je n'accepte pas, je ne peux pas accepter ce qui vient de m'arriver. Rien que d'y penser, j'en ai la nausée.

De toute façon, c'est inacceptable.

À vous d'en juger.

Chapitre 2

La misère humaine

Quand je l'ai vue, la première fois, c'était pendant le cours de mathématiques. Tout de suite, j'ai ressenti quelque chose de particulier pour Chloé Beaupré. Encore aujourd'hui, je ne saurais trop dire ce qui m'avait autant attiré chez elle. À mes yeux, elle se détachait des autres filles. Peut-être à cause de son style.

En effet, Chloé avait un style bien à elle. Elle ne semblait imiter personne. Ses vêtements, sa coiffure, sa démarche, ses expressions, tout en elle transpirait d'originalité. En la voyant, on avait l'impression qu'elle était celle qui inventait les modes plutôt que celle qui les suivait bêtement.

Assez grande, Chloé Beaupré avait les cheveux courts et un visage un peu rondelet. Ce n'était sûrement pas une anorexique comme il y en avait beaucoup à l'école. Je ne comprenais pas ces filles qui cherchaient désespérément à devenir transparentes et, si possible, invisibles!

En ne mangeant presque pas, quelques-unes arrivaient à ressembler aux mannequins des revues de mode féminine. L'obsession de la minceur les amenait tout droit à une maigreur maladive. On ne leur voyait plus que la peau et les os. Et la plupart du temps, elles continuaient quand même à se trouver trop grosses.

Pauvres filles!

L'anorexie était surtout une maladie de filles, car je ne connaissais pas beaucoup de gars qui cherchaient à devenir invisibles ou transparents. C'était plutôt le contraire. De toute façon, Chloé n'était pas de la race des invisibles-transparentes. Et c'est ce qui comptait pour moi.

Elle n'était pas timide et savait vous regarder droit dans les yeux. Et quel regard intense elle avait!

Ses beaux yeux me faisaient rêver. Mais ce doux regard, je ne pouvais pas le soutenir bien longtemps. Après quelques secondes, je perdais pied, je rougissais. Comme pris d'un malaise. Je devais regarder ailleurs, fuir ce visage qui me mettait tout à l'envers.

Et pourtant j'aurais voulu me sentir au-dessus de mes affaires. La fixer du regard longtemps et langoureusement pour lui exprimer mon immense désir. Comme les grands acteurs savent si bien le faire au cinéma, juste avant la scène d'amour qui sera coupée ou interdite aux moins de dix-huit ans.

Ce sont les règles du jeu.

Pour adultes seulement.

Durant toute la semaine qui suivit la délicieuse apparition de Chloé dans ma vie, j'ai décidé de l'observer le plus souvent possible.

Discrètement, comme il se doit.

Il ne fallait surtout pas qu'elle s'aperçoive que je m'intéressais à elle. Si je voulais réussir avec les filles, je devais savoir me montrer indépendant. Du moins, c'est ce que j'avais entendu dire.

Une autre chose était aussi très importante: les élèves de la classe devaient complètement ignorer mon attirance pour

Chloé. Je ne devais absolument pas éveiller le moindre de leurs soupçons. Si je me trahissais, je deviendrais vite la risée du groupe. Et je perdrais ainsi toutes mes chances avec Chloé.

Lors du cours de français, ce fut au tour de Chloé Beaupré de faire son exposé de lecture. Elle ne choisit pas n'importe quoi: le roman *La Misère humaine* de Victor Lafrance.

Elle l'avait lu au complet. Plus de mille cinq cents pages. Incroyable. Et quel courage! Au bout de quinze minutes, M. Hugo Valjean, notre professeur de français, a dû l'interrompre.

— C'est bien, très bien, mademoiselle Beaupré, mais votre temps est écoulé. Je pense que vous avez su intéresser tout le monde à votre sujet. Cette *Misère humaine*, quel roman émouvant!

Il en avait les larmes aux yeux. Il était sensible, M. Valjean. Des fois, à le voir réagir ainsi, j'avais l'impression qu'il sortait lui-même d'un roman. Je me disais que le soir, chez lui, il devait écrire des tas de livres dans lesquels il devenait le grand héros de ses rêves les plus fous.

Je l'aimais beaucoup, Hugo Valjean,

malgré son obsession des participes-passés-employés-avec-l'auxiliaire-avoir-qui-s'accordent-avec-le-complément-d'objet-direct-quand-celui-ci-est-placé-avant-ouf!

Moi, Chloé Beaupré, je l'aurais écoutée encore des heures et des heures. Elle aurait pu parler de n'importe quoi, ç'aurait été intéressant. Durant son exposé, elle ne lisait pas bêtement son texte et n'avait pas l'air de quelqu'un qui l'avait appris par coeur.

Elle avait raconté l'histoire de *La Misère humaine* d'une voix ferme et rarement hésitante. Devant la classe, elle dégageait la force. Si elle était fragile, ça ne se voyait pas.

Tout le contraire des filles qui ont une voix si faible qu'on a l'impression qu'elles vont perdre connaissance dès qu'elles ouvriront la bouche.

Dans la classe, il y en a quelques-unes comme ça. Et le plus incroyable, c'est que certaines arrivent à s'évanouir vraiment. Elles savent bien qu'il y a toujours des gars prêts à les ramasser quand elles s'écroulent.

Chacun ses goûts.

Moi, je préfère Chloé.

Et puis, si Chloé avait pu continuer

dix minutes de plus, on aurait évité l'exposé suivant. Ce n'aurait pas été un grand malheur. Jason Laviolette nous a encore parlé de sa passion pour les insectes.

Cette fois, le livre traité était *L'insecte contre-attaque*. L'an passé, il nous avait résumé *L'empire des insectes* et l'année d'avant c'était *L'invasion des insectes* qu'on avait dû subir.

Depuis le début du secondaire, grâce à Jason-l'apprenti-entomologiste, les petites bestioles sont à l'honneur. Ça le passionne et ça nous ennuie. Mais on a trouvé un moyen de donner de la vie aux comptes rendus de notre camarade.

Durant son exposé, la tradition veut que nous lui servions de bande sonore. Nous imitons alors des criquets, des abeilles, des mouches, des maringouins ou des bourdons. Ça met de l'ambiance.

En tout cas, espérons que l'an prochain, Jason s'attaquera aux dinosaures et qu'il abandonnera ses petites bestioles. Pour faire changement.

Après tout, ces mastodontes préhistoriques sont aussi des bestioles. En légèrement plus gros, je l'admets, mais quand même. Et ça nous permettrait de renouveler notre bande sonore. À propos, je serais très embêté d'avoir à imiter le cri d'un dinosaure.

C'est une chose à essayer.

À partir de ce jour-là, j'ai pris une décision irrévocable. Je devais faire équipe avec Chloé Beaupré dans les divers travaux de recherche. C'était une bonne manière de me rapprocher d'elle sans qu'elle se doute de quelque chose.

Pour convaincre Chloé Beaupré de travailler en ma compagnie, il fallait auparavant que je prouve ma valeur. Je devais être à la hauteur de la situation.

J'étais décidé, je le serais.

Mais comment faire?

J'ai réfléchi et j'ai rapidement eu une bonne idée.

— Si je le lisais, ce fameux roman de Victor Lafrance, me suis-je dit, ça nous ferait un long sujet de conversation. Et puis, je lui prouverais que je pouvais être un compagnon de choix dans les travaux d'équipe. D'une pierre, deux coups.

Ce jour-là, je m'étais donc rendu à la bibliothèque de l'école. J'avais alors feuilleté plusieurs versions de *La Misère humaine*. Des versions intégrales et des versions de plus en plus abrégées. Heureusement pour moi. Je n'aurais donc pas à lire mille cinq cents pages.

C'était mieux ainsi si je tenais à faire équipe avec Chloé avant l'année prochaine. J'arrêtai mon choix sur une version très abrégée qui faisait quatre-vingts pages environ. Mais l'essentiel y était, assurait-on sur la jaquette du petit livre.

Le soir même, je lus la version de *La Misère humaine* dans ses grandes lignes. Après tout, il s'agit de connaître en gros une histoire et de pouvoir en parler. Par la suite, on brode autour du sujet.

De toute façon, Chloé l'a lu au complet, je n'aurai qu'à l'écouter en parler. De temps en temps, je ferai une remarque générale ou je soulignerai un détail que j'aurai retenu. Ça ne devrait pas être compliqué.

Le lendemain matin, j'avais résolu de ne pas perdre de temps pour m'approcher de Chloé et appliquer ma stratégie. L'occasion se présenta durant une pause, entre deux cours. Je m'avançai vers elle et je lui dis d'un ton que je voulais assuré, mais qui ne l'était sûrement pas beaucoup.

— Tu sais, Chloé Beaupré, que ton exposé de l'autre jour sur *La Misère humaine* était drôlement bien fait. Je peux te le dire parce que j'avais déjà lu ce roman. C'est un grand écrivain que ce Victor Lafrance!

— Ah! oui, tu t'intéresses donc à Victor Lafrance?

— Si on veut, lui ai-je répondu.

— Alors tu devrais lire *Le Bossu de la Cathédrale* du même auteur. C'est un plaisir garanti, je te l'assure.

La glace était brisée.

J'étais là et je parlais à Chloé Beaupré sans trop bafouiller. De ma part, déjà tout un exploit. Emporté par une certaine euphorie, je commençai à perdre le sens de la mesure. Après tout, si je voulais lui plaire, je devais être exceptionnel. Dans ces situations-là, pas de place pour la demi-mesure.

Tout ou rien.

Pas de temps à perdre non plus avec les hésitations. Il fallait continuer. Après tout, j'étais sur la bonne voie.

— Je ne m'intéresse pas seulement à Victor Lafrance. Je m'intéresse à la lecture en général.

— C'est ma chance, lança Chloé avec passion. Ça me fait tellement plaisir de connaître un garçon qui adore la lecture.

J'en rougis de satisfaction.

Déjà, Chloé Beaupré m'adorait.

Que demander de plus?

— Je te conseille donc de lire *Les sept vies d'un chat de gouttière* d'Yves Pomerleau et *Un malheur en attire mille autres* de Janette Beaulieu-Payette. Et aussi *La fille de la voisine prend la pilule en cachette* de Gabriel Tremblay-Couture. Des excellents romans qui se lisent tout seuls. Je peux te les prêter, si tu veux. Je les ai chez moi, je te les apporte demain.

Moi et ma grande langue!

Je n'aurais pas dû en mettre autant pour chercher à l'impressionner. Maintenant, je ne pouvais plus reculer. Je devais lui faire plaisir. Elle semblait tellement ravie d'avoir déniché un fanatique lecteur mâle. Elle avait vraiment l'air d'y tenir à ce que je lise ces romans.

À la guerre comme à la guerre.

Elle s'intéressait à la lecture et je m'intéressais à elle. Alors, allons-y pour Victor Lafrance, Janette Beaulieu-Payette, Gabriel Tremblay-Couture et Yves Pomerleau. La prochaine fois, j'essaierai d'éviter de jouer le rôle du frénétique lecteur.

— Oui, oui, ça va aller. Apporte-les-moi demain. Je t'assure que je vais les dévorer rapidement. Un bon roman, il n'y a rien de plus passionnant.

Et j'ai ajouté intérieurement.

— Ce que je trouve vraiment passionnant, c'est de te regarder me parler. Continue, parle-moi, tu es si belle...

Et la cloche a malheureusement sonné la fin de ma rêverie.

Il me restait à souhaiter une chose: que ces quatre romans ne fassent pas mille cinq cents pages chacun comme *La Misère humaine*.

Vite, encore à la bibliothèque!

Une version abrégée du *Bossu de la Cathédrale* avidement recherchée!

Ouf! il y en a une!

La bibliothécaire n'en revient pas de me voir autant m'intéresser à Victor Lafrance.

— Jeune homme, est-ce que je pourrais savoir ce qui vous amène à dévorer l'oeuvre de Victor Lafrance depuis une semaine? Est-ce un travail de classe ou est-ce un coup de foudre pour ce grand écrivain?

— Un peu des deux, madame, lui ai-je répondu plutôt surpris par sa question. Au fond, entre Victor Lafrance et moi, c'est une affaire de coeur, lui ai-je chuchoté comme on doit toujours le faire dans les bibliothèques qui se respectent.

Elle me souriait.

Je compris alors ce qu'elle devait s'imaginer.

À mon tour, je lui ai souri.

J'avais soudain la certitude qu'elle reprenait confiance aux jeunes générations. Malgré les apparences, tout n'était pas perdu.

Loin de là.

Il y avait encore des jeunes gens sérieux qui voulaient apprendre et qui cherchaient à se cultiver. Et pas n'importe où. Non, à la source même des plus grands classiques.

Moi, Sébastien Letendre, j'en étais un vibrant exemple. Un peu plus et je me disais qu'elle voudrait me donner une dictée. Là, tout de suite, sur place. Afin de chasser de sa tête son cauchemar quotidien d'avoir à affronter des centaines de fautes d'orthographes.

Pauvres adultes!

C'était immoral ce qu'on leur faisait subir. Eux qui adoraient tant la belle harmonie et le doux équilibre d'une phrase française parfaitement construite. Et, pardessus tout, écrite sans la moindre petite faute d'orthographe et ornée de sa judicieuse ponctuation.

On devait comprendre leur indignation. Elle était des plus légitimes. Nous, les jeunes, on bafouait du revers de nos plumes et de nos crayons des siècles et des siècles de grande culture.

Il ne fallait plus en douter: les jeunes étaient devenus les indomptables damnés de la langue. Mais en même temps, eux, les adultes, étaient devenus de véritables obsédés de cette langue. La meilleure façon de faire paniquer un adulte en cette fin de vingtième siècle était de faire une faute d'orthographe. Écrivez sidat au lieu de sida.

Essayez et vous verrez bien.

Vite, je devais me sauver.

Je pouvais être rapidement démasqué à l'aide d'une très courte dictée et faire ainsi une peine immense à cette charmante bibliothécaire. Je ne tenais pas à être responsable d'une illusion perdue.

J'allais pourtant améliorer ma belle langue française.

Surtout grâce à Chloé.

Et aussi, il fallait l'admettre, un peu grâce à Victor Lafrance, à Yves Pomerleau, à Janette Beaulieu-Payette et à Gabriel Tremblay-Couture! Et à Marie-Louise, ma chère soeur de dix-huit ans, qui est une lectrice enragée. Elle a d'ailleurs sûrement lu tous les livres que Chloé m'a recommandés. Un court résumé fera donc l'affaire.

Ce n'était pas que je détestais la lecture. Au contraire, à mes heures, j'aimais savourer un bon livre. Cependant, en vingt secondes, Chloé m'avait programmé au moins cent heures de lecture.

Je ne doutais pas que ces romans étaient tous aussi passionnants les uns que les autres. Mais c'était vraiment une question de temps. De temps et de priorité.

Pour l'instant, je voulais conquérir Chloé.

Ma seule, unique et véritable passion.

J'étais plongé dans la douce sensation d'aimer.

Et je m'en délectais.

Chapitre 3

Macédoine 649

Deux semaines plus tard, grâce à ma soeur Marie-Louise, je pus crier victoire! Je remettais à Chloé les livres qu'elle m'avait prêtés.

— Tu les as déjà tous lus? m'avait-elle demandé, étonnée. Je n'arrive pas à le croire.

— Puisque je te le dis.

Je me sentis pourtant obligé de nuancer un peu mes propos.

— Tu sais, j'ai dû lire certains passages en diagonale, lui avouai-je. Mais, dans l'ensemble, c'était tellement passionnant que je n'arrivais plus à m'arrêter.

Mon plan avait fonctionné à merveille.

Selon mes prévisions, Marie-Louise avait, en effet, déjà tout lu les livres recommandés par Chloé. Elle me les a donc résumés avec un plaisir évident. Elle m'a même donné sérieusement le goût d'en lire certains. Je verrais ça plus tard. Quand j'aurais le temps.

Dans l'immédiat, j'étais trop absorbé par mon amour naissant pour penser à autre chose.

— Veux-tu que je t'en prête d'autres, Sébastien? Je viens justement de lire un...

— Non, non, Chloé, j'ai trop de travaux à faire présentement pour avoir le loisir de lire, la coupai-je aussitôt. Tu sais, depuis deux semaines, avec toutes ces lectures, j'ai pris un peu de retard. Il faut savoir quelquefois sacrifier certaines passions, lui dis-je en souriant.

Puis, intérieurement.

— Ma vraie passion, ma seule et unique, c'est toi, Chloé.

Je réussis donc à travailler en équipe avec Chloé Beaupré. Pas dans tous les cours. Mais en français et en formation morale, nous étions dans la même équipe.

J'appris que Chloé était une sportive accomplie. Elle était même capitaine d'une des équipes de basketball de l'école. Je cherchai alors à m'intégrer aux parties qui avaient lieu tous les mardis et vendredis, en fin d'après-midi.

La chance me sourit.

Le grand Haïtien Philémon Papillon venait de quitter l'équipe. Ses parents voulaient qu'il consacre plus de temps à ses études.

Pauvre lui!

Il n'était vraiment pas content, le grand Philémon! Je compatissais à son malheur, mais ça ne m'empêcha pas de m'empresser de me présenter au poste qu'il laissait libre. On m'accepta aussitôt puisque j'étais le seul candidat.

Par contre, je savais que Philémon Papillon serait difficile à remplacer. Il portait bien son nom, celui-là. Il était rapide comme un lièvre, vif comme l'éclair et précis comme un tireur d'élite. Quand il courait, il semblait voler.

Non, remplacer Philémon Papillon, ce n'était pas une mince tâche. Pourtant je ne pouvais pas attendre le départ d'un autre joueur moins talentueux pour prendre ma place dans l'équipe.

Il fallait foncer. Et c'est ce que j'ai fait.

N'importe qui aurait été content d'avoir Chloé Beaupré comme capitaine. Elle criait, encourageait et motivait son équipe. Moi, de la sentir présente à mes côtés, ça m'excitait et ça me faisait faire des miracles. Chloé me donnait des ailes.

Je volais, je sautais, je courais.

Tel un forcené, j'étais gonflé à bloc. Mais pour l'essentiel, c'est-à-dire envoyer le ballon dans le panier, je n'y arrivais pas souvent. Pas assez à mon goût, en tout cas.

J'aurais voulu être le meilleur, l'as des as, l'habile magicien du ballon, le roi incontesté des paniers, bref, le dieu du gymnase. Au lieu de ça, je n'étais qu'un joueur plutôt ordinaire parmi les autres. Disons, dans la moyenne.

Ce n'était pas une question de volonté, c'était une question d'aptitude. Et de nervosité, il faut l'avouer. Je voulais tellement impressionner ma capitaine que c'en était trop. Avec toute cette pression, j'en arrivais à perdre ma concentration et mon efficacité.

Je me répétais:

— Du calme, Sébastien, du calme!

Bien inutilement.

Et puis, le travail d'équipe, les jeux d'équipe, c'était beau, mais ce n'était plus suffisant. Moi, ce que je voulais, c'était devenir officiellement le chum de Chloé. Pour ça, je devais l'inviter à sortir avec moi. Il fallait donc que je lui fasse une proposition qu'elle ne pourrait pas refuser. Facile à dire, moins facile à faire.

L'inviter, oui.

Mais pour aller où?

Dans mes rêves les plus fous, nous nous envolions à bord d'un Boeing 747 à destination de Londres. Elle, la grande fanatique de *La Misère humaine*, je l'amenais assister à la comédie musicale faite à partir de l'oeuvre de Victor Lafrance.

Rien de moins.

Et en revenant, on faisait un saut à Paris, le temps de déguster une coupe de champagne en haut de la Tour Eiffel.

Chloé ne pourrait sûrement pas refuser une telle invitation. Cependant, Londres et Paris étaient loin et coûtaient cher. Au total, je disposais d'un maigre budget de six cents dollars économisés de peine et de misère en travaillant le soir à garder les enfants des voisins.

La Misère humaine jouait également à New York. Malheureusement, New York était peut-être moins loin, mais coûtait aussi horriblement cher que Londres ou Paris.

Encore une fois, il fallait revenir les deux pieds sur terre, Sébastien.

À mon âge, je devais toujours revenir les deux pieds sur terre, car je n'avais jamais les moyens financiers de réaliser la plupart de mes rêves. Je dialoguais avec moi-même.

— Sébastien, je te l'ai déjà dit, il ne faut pas que ça paraisse trop que tu l'aimes. Ne t'emballe pas, tu pourrais le regretter. Sois attentif à ses goûts, écoute-la. Prépare-lui une sortie plus adaptée à tes moyens. Ce qui compte, c'est l'effet de surprise.

— Je sais, je sais, tu as raison. Tu as toujours raison, d'ailleurs, ma chère Raison. Mais moi, avec Chloé, je veux installer un vent de folie. Je suis fou d'elle, je n'y peux rien, c'est plus fort que moi. Ça ne se raisonne pas.

— Comme tu voudras. Je tiens pourtant à te le répéter, tout se raisonne, tout s'organise, crois-moi.

— Je sais, je sais... Moi, je veux vivre ma vie, pas me la faire organiser par toi.

— Pauvre petit...

— Et si tu veux, ma chère Raison, que nous gardions de bonnes relations, ne me traite jamais plus de pauvre petit. Même si c'est vrai que je me sens souvent comme ça malgré mon mètre soixante-cinq et mes soixante-cinq kilos, ne le crie pas sur tous les toits. Je ne te le pardonnerais pas.

C'était bien beau, tous ces dialogues intérieurs, mais ça ne réglait pas mon problème. Comment faire une invitation qui serait à la hauteur de mon grand amour?

— Aïe, savez-vous que le groupe Macédoine 649 s'en vient en ville? nous lança Chloé pendant une pause. Oui, la semaine prochaine, Macédoine 649 sera au Forum...

Intrigué, je m'approchai pour ne rien perdre de ce qu'elle racontait.

— ... c'est dément ce groupe-là. Je ne sais pas si vous connaissez le groupe, c'est de la super dynamite.

Vif comme l'éclair.

Je devais en profiter.

Encore une fois, Chloé me sauvait la vie et m'évitait d'autres nombreux maux de tête. Je regardai la grande horloge du gymnase. Cinq heures trente. On achevait le match. Il ne restait que quinze minutes à jouer. Je pouvais partir immédiatement. Je n'étais vraiment pas le joueur le plus utile de mon équipe.

— Bonne fin de semaine tout le monde. Je ne peux pas finir la partie, je dois aller chez le dentiste. C'est un rendez-vous pris il y a plusieurs semaines, impossible de le remettre.

— Pas de problème, on finira le match sans substitut, me rassura alors notre capitaine, Chloé Beaupré.

Vite, à la maison.

Dans ma chambre, je cachais toujours une centaine de dollars. Cela pouvait servir dans les occasions spéciales. Et ça, c'était une occasion vraiment spéciale!

Ensuite, le métro.

Directement au Forum.

Vingt minutes plus tard, j'y étais.

Il y avait déjà une assez longue file d'attente aux guichets. Mais ça ne devrait pas être trop long. En une demi-heure tout au plus, je serai sûrement en possession des chers billets de spectacle de Macédoine 649. Merci, Chloé, pour la merveilleuse idée.

Aussitôt arrivé, je me suis mis en ligne. Cinq, dix, quinze minutes... Ça ne bougeait pas. Pas d'un centimètre. Bizarre!

— C'est plutôt lent, tu ne trouves pas? ai-je alors demandé à mon compagnon de file d'attente.

— Normal, Tit-Gars, m'a-t-il répondu plutôt sèchement. Les guichets n'ouvrent que demain matin à neuf heures.

— Quoi? Demain matin à neuf heures?

— Me prends-tu pour un menteur? Tit-Gars, si je te dis demain matin, à neuf heures, c'est parce que je sais que c'est demain matin à neuf heures que ça ouvre, O.K., là?

Compris. Parfaitement compris.

— Je reviendrai demain, d'abord, ai-je répliqué logiquement à mon informateur.

— À ta place, je ne ferais pas ça, Tit-Gars. Demain matin, il ne restera plus de bons billets à vendre. Si tu veux vraiment bien voir le spectacle de Macédoine 649, t'es mieux de passer la nuit ici.

Je n'aimais pas son ton. Alors là, pas du tout.

Tit-Gars.

Si j'avais voulu, lui, j'aurais bien pu le surnommer Gros-Tas. Mais en général, je ne suis pas très brave. Je n'aime pas tellement la bagarre. Surtout avec ce genre d'individu. Quand on sait, au départ, qu'on va recevoir une raclée, il faut apprendre à ne pas insister pour la recevoir quand même.

Gros-Tas ou pas, là n'était pas la question. J'avais des préoccupations plus urgentes et plus importantes.

À propos des billets, Gros-Tas avait sûrement raison, car il semblait s'y connaître en la matière. Les meilleures places s'envolaient rapidement quand c'était un bon spectacle. Est-ce que je pouvais prendre la chance, pour ma première sortie avec Chloé, de ne pas avoir d'excellents billets?

Non, pas question.

Je n'avais cependant jamais passé une nuit à la belle étoile pour acheter des billets de spectacle. Mais c'était vraiment une occasion très spéciale.

Quand Chloé apprendrait ça, elle n'en reviendrait pas. Je serais un héros. Son héros. J'aurais bravé la nuit et Gros-Tas pour me procurer les billets de Macédoine 649 et avoir ainsi les meilleures places.

Oui, c'était décidé. J'allais passer la nuit ici.

Heureusement, on était en septembre. La nuit, il ne faisait pas encore trop froid. Néanmoins, je devais avertir ma mère. Il fallait aller téléphoner pour prévenir. Dix-sept heures, Marie-Louise était sûrement à la maison.

— Peux-tu garder ma place? J'ai un téléphone à faire.

Gros-Tas n'a pas répondu. J'imaginais que ça voulait dire oui dans le langage des mammouths.

— Oui? C'est toi, Marie-Louise? Écoute...

J'aimais mieux que ce soit Marie-Louise que ma mère. Je lui ai alors raconté.

— ... et peux-tu avertir maman que je ne rentrerai pas cette nuit? Et attends, encore une petite chose: viendrais-tu me porter mon blouson vert au Forum? Et me ferais-tu deux bons sandwiches au jambon avec un peu de moutarde?

Impatiemment, j'attendais sa réaction. J'ai enchaîné aussitôt.

— Tu me les apporterais du même coup, hein? Tu es ma soeur préférée, Marie-Louise. Non, non, je ne dis pas ça parce que tu es la seule. Je suis sincère. J'en aurais d'autres que tu serais quand même ma préférée.

Une heure plus tard, Marie-Louise était là.

— Écoute donc, toi, je ne savais pas que

tu aimais autant le groupe Macédoine 649. On en apprend tous les jours. Maman est au courant de la situation, mais elle n'aimait pas beaucoup l'idée de te voir passer la nuit dehors. Ça n'a pas été facile... Elle a pourtant fini par accepter. Je l'ai convaincue de ne pas s'inquiéter et je l'ai assurée que tu ne courais aucun danger.

— Merci, Marie-Louise. Tu fais des miracles, tu es un ange pour ton frère.

— Bonne nuit, Sébastien. Et fais de beaux rêves.

Marie-Louise s'était déjà envolée.

— Wowwow! elle est cute en bébitte ta soeur. C'est en plein mon genre de femme, ça. Tu aurais pu être poli et lui offrir de passer la nuit avec nous, Tit-Gars. Un ange dans son genre, c'est parfait pour un oiseau de nuit comme moi.

Je ne savais pas ce qui me retenait de lui donner une sévère correction. Ou plutôt si. Je savais très bien ce qui m'empêchait de le faire. Je préférais donc feindre l'indifférence et ignorer ses remarques. Au moins, il n'aurait pas le plaisir de partager un sourire ou un regard complices avec le frère de la fille bien «cute».

Je n'en pensais pas moins.

— Oui, ma soeur est cute, très cute, Gros-Tas. Et toi, le mammouth ambulant, tu ne devrais même pas pouvoir la regarder. Pas mal trop cute pour toi, Gros-Tas. Et vraiment beaucoup trop intéressante aussi. Elle est peut-être ton genre de femme, mais je doute que tu sois le genre d'homme qui plaise à ma soeur.

Je continuais à réfléchir de plus belle, sans trop m'apercevoir que le temps filait. Puis, j'ai songé.

— Remarque, en amour, on ne sait jamais. Si les crapauds peuvent quelquefois se transformer en beaux princes charmants, peut-être que les mammouths en font autant. Pourtant, ça m'étonnerait beaucoup.

Finalement, une belle nuit.

Dormi un peu malgré Gros-Tas qui n'arrêtait pas de ronfler.

Le lendemain, lever tôt.

Un soleil de plomb dans les yeux.

Enfin, neuf heures. Les fameux guichets ouvrent.

— Deux billets, dans les meilleurs.

— Soixante-dix-huit dollars avec les taxes.

— Merci.

Avant de quitter, bien les vérifier.

Ils étaient là, les petits trésors. Deux

billets en plein centre. J'espérais seulement que je ne serais pas placé à côté de Gros-Tas. Toute une nuit à ses côtés, c'était largement suffisant. Une soirée en plus, ce serait trop me demander.

— Salut, Tit-Gars, tu salueras ta soeur de ma part. Dis-lui aussi que si elle veut voir Macédoine 649, elle n'a qu'à se présenter au Forum le soir du spectacle. Un billet, ça peut toujours se trouver. Sinon, il y aura toujours mes genoux qui seront libres, conclut alors Gros-Tas en accompagnant sa dernière remarque d'un énorme clin d'oeil de cyclope.

Tu n'avais pas à t'inquiéter, Gros-Tas. Je me ferais un plaisir immense de transmettre le message à ma soeur. Dans la semaine des quatre jeudis.

Avant de rentrer à la maison, j'avais une autre chose importante à régler. Au plus vite, je devais me procurer des cassettes de Macédoine 649. Je connaissais le groupe, mais je tenais à apprendre leurs textes par coeur. Rien de mieux que de fredonner les chansons pendant un spectacle.

J'étais sûr que Chloé devait avoir mémorisé toutes les chansons de Macédoine 649. Elle semblait tellement passionnée par ce groupe. Avec le billet de vingt dollars qu'il me restait, j'ai pu acheter leurs deux plus récentes cassettes.

Puis, métro.

Retour à la maison.

Claudette et Marie-Louise dormaient encore. C'était parfait, je n'avais pas envie de parler ce matin-là. J'étais courbaturé et mes yeux fermaient tout seuls. La vie de clochard, ça ne devait pas être drôle. Du ciment, toujours du ciment, le jour et la nuit. Durant les longs mois d'hiver, je n'osais pas imaginer ce que devait être leur pauvre existence.

Dans les oreilles, Macédoine 649.

Vite, mon lit douillet.

Les plaisirs d'un bon matelas.

Je m'endormis alors en écoutant *La chaleur d'un amour*, la chanson thème de leur première cassette intitulée *La course à l'amour*.

Douce musique.

Douce Chloé.

Ça nous prend par surprise
au détour de la vie
et ça installe son emprise
dans notre coeur tout ravi

Ça chatouille de désirs
notre corps tout agité
et à tous les plaisirs
ça veut alors goûter

Ça rêve de tendresse
à longueur de journée
et ça remplit de caresses
la moindre de nos pensées

Ça cherche la douceur
de la personne aimée
et ça danse de bonheur
de pouvoir la toucher

Un jour pour toujours
voilà le grand amour
on s'envole très haut
tellement c'est beau

Un jour c'est l'amour
l'amour de velours
la chaleur d'un amour
vaut bien tous les détours

Chapitre 4

La chaleur d'un amour

Ce jour-là, en revenant à la maison, j'étais heureux et fier de moi. Il y avait de quoi. Ça devait d'ailleurs paraître. Souvent, le regard ou les gestes trahissent les émotions. L'excitation et la fébrilité, c'était difficile à cacher.

Quand je laissais transparaître ce genre de sentiments, ma soeur Marie-Louise n'était jamais loin. Toujours aux aguets, elle observait mes gestes, mes attitudes, mes réactions et mon comportement. Ainsi, elle s'exerçait sérieusement à sa future profession de psychologue.

— Qu'est-ce que tu as aujourd'hui, Sébastien? Tu as bien l'air heureux? me lança-t-elle avec un léger sourire aux confins des lèvres.

Elle aimait ça me taquiner, ma grande soeur. Quand elle avait la chance de rire de moi, elle ne se gênait jamais pour le faire. Avec une curiosité et un plaisir évidents. Quand Marie-Louise était dans les parages, c'était toujours compliqué de préserver son intimité. Mais ce jour-là, je transpirais de bien-être. Tellement bien dans ma peau que je l'aurais crié à la planète entière.

Dans ces circonstances, les incursions de Marie-Louise dans ma vie privée ne me gênaient donc pas vraiment. J'étais même flatté qu'elle insiste pour tout savoir. Cette fois, si j'y tenais, j'aurais enfin quelque chose de passionnant à raconter. Ma vie sentimentale venait de plonger dans une oasis au beau milieu du désert.

C'était pourtant mon secret.

Et j'avais l'intention de le garder jalousement et de le protéger des griffes indiscrètes de ma soeur. Quel plaisir de la faire languir, elle qui voulait toujours tout savoir dans les plus brefs délais!

— Rien de spécial, lui répondis-je avec détachement. Comme d'habitude, je suis de bonne humeur. Depuis toutes ces années passées à mes côtés, tu devrais savoir que j'ai le meilleur caractère du monde. Au cas où tu ne l'aurais pas encore remarqué, ton frère est une perle rare.

En effet, ma soeur et ma mère devraient le savoir. Elles ont tellement eu peur de faire de moi un petit macho qu'elles n'ont jamais cessé de tout m'expliquer. L'égalité entre les hommes et les femmes, je n'ai jamais douté de ça. Et dans le partage des tâches domestiques, j'ai toujours fait ma part.

Ainsi, je me suis toujours occupé de la vaisselle autant que ma soeur Marie-Louise. Très jeune, je faisais aussi le lavage de mes vêtements. Je pouvais également me faire cuire un oeuf ou deux.

De plus, j'étais loin de me croire supérieur aux femmes. Au contraire, il m'arrivait souvent de penser que je leur étais inférieur. Mais je ne l'aurais jamais avoué publiquement. C'est dans mon for intérieur que je réfléchissais à ces choses.

Les résultats étaient donc satisfaisants et la conclusion s'imposait d'elle-même: je n'étais pas un petit macho, loin de là. Du moins, j'essayais de ne pas l'être à la maison.

J'y arrivais assez facilement, connaissant bien ce qu'il fallait dire ou ne pas dire, faire ou ne pas faire. En somme, des règles avec lesquelles j'étais plutôt d'accord. Liberté, égalité, justice, paix, on ne peut pas être en désaccord avec ça.

Par contre, à l'école, ce n'était pas si simple.

Si je voulais prendre ma place, je devais m'affirmer.

Si je voulais que les filles m'aiment, je devais être le plus beau et le plus fin. Et moi, j'adorais les filles et je voulais qu'elles m'aiment. Surtout Chloé. Si je voulais que les gars me respectent, je devais être le plus fort et le meilleur dans tout.

— Fonce, Sébastien, fonce. Ce n'est pas si difficile que ça d'être le plus beau, le plus fin, le plus fort et le meilleur dans tout. Question de volonté et de confiance en soi. C'est permis d'avoir peur, mais seulement par en dedans. En cachette. Sous aucun prétexte, ça ne doit paraître. Un homme, ça doit être un homme, pas une poule mouillée.

À la maison, le Petit Chaperon rouge.

À l'école, le méchant loup.

Aux deux endroits, c'était la même histoire. Je ne faisais que changer de rôle. Il n'aurait pas fallu que ma mère sache ça, car elle serait venue faire un scandale à l'école.

Elle accepterait mal de voir son fils victime d'autres influences que la sienne. Son petit Sébastien qui essayait de jouer les matamores, elle n'en reviendrait pas. Elle me ferait honte jusqu'à la fin de mes jours. Le loup aurait l'air d'un chien battu.

— Toi, mon petit frère, tu as l'air d'un gars amoureux aujourd'hui, reprit alors de plus belle Marie-Louise. Quelle est l'heureuse élue? Nathalie? Annie? Sophie-Andrée? Emmanuelle?

— Et toi, y en aura-t-il un autre nouveau cette semaine pour faire changement? ai-je demandé à ma soeur de façon ironique. Tu sais, si tu es à court de prétendants, ces jours-ci, j'ai peut-être trouvé le gars qu'il te faut. Un charme fou et un sens de l'humour hors du commun. Vraiment irrésistible. À côté de lui, même le beau Daniel Ténébreux quand il nous susurre ses chansons d'amour ne fait pas le poids.

À mes yeux, Marie-Louise était très instable dans ses relations amoureuses. Elle butinait beaucoup. Jamais plus de deux semaines avec le même garçon. Elle prétendait être profondément stable, mais ne pas avoir encore déniché celui qu'elle cherchait. Je la comprenais. Tout le monde ne pouvait avoir ma chance et trouver rapidement la personne idéale.

Il fallait cependant admettre que les deux semaines amoureuses de ma soeur étaient plutôt intenses. Pendant cette très courte période, le peu de temps qu'ils n'étaient pas ensemble, les tourtereaux le passaient à parler au téléphone. Je me demandais toujours ce qu'ils avaient tant à se dire. Pour moi, c'était un vrai mystère.

— Cette fois, j'ai trouvé celui qu'il me faut. Ce coup-là, ça va durer...

— ... au moins trois semaines, ai-je lancé en coupant la parole à Marie-Louise. Cette fois, disons, espérons que...

Le téléphone a alors sonné.

Bien sûr, c'était pour Marie-Louise.

À voir son empressement à répondre et son sourire quand la voix s'est fait entendre au bout du fil, c'était sûrement le nouveau coup de foudre de ma soeur qui rappliquait.

Au lieu d'écouter les mamours de Marie-Louise, je me suis dirigé vers ma chambre. Ces temps-ci, j'étais plus préoccupé de l'évolution de mes propres amours. Celles des autres me laissaient assez indifférent.

Le même jour où ma soeur avait déniché l'homme de sa vie, j'invitais Chloé à m'accompagner au spectacle du groupe Macédoine 649. Ce ne fut pas si facile à faire. J'avais les billets, bien sûr. Le problème était ailleurs.

En général, dans la vie, j'avais tendance à être un grand timide plutôt qu'un fonceur déterminé. Cependant, en compagnie de mes amis de gars, je développais une confiance en moi. J'avais moins peur du ridicule.

Chez moi, c'était un grave problème: toujours une peur bleue de faire rire de moi. Surtout par les filles. Mais avec mes amis, j'en arrivais à surpasser ma peur et à devenir frondeur.

C'était quand j'arrivais devant une fille, seul à seule, que je perdais le peu de moyens que j'avais. Pas devant toutes les filles, ça, c'était vrai. Devant Chloé Beaupré, oui. Je fondais comme une crème glacée au chocolat dans le désert du Sahara.

Et puis, je me suis mis à m'inquiéter.

Une autre de mes manies.

J'avais des billets, c'était bien beau. Cependant Chloé aussi pouvait avoir décidé de s'acheter des billets. Je n'avais pas pensé à ça. Elle adorait tant le groupe Macédoine 649 que ce serait surprenant qu'elle n'ait pas déjà de bons sièges réservés. Mais même si elle n'avait pas de billets, voudrait-elle m'accompagner?

C'était loin d'être sûr.

— Ce serait plus simple d'y aller avec Jason, me suis-je alors mis à penser. Au moins, lui, je suis sûr qu'il acceptera de m'accompagner. Je pourrai toujours inviter Chloé une autre fois. Ce ne sont pas les occasions qui vont manquer.

J'avais peur.

Heureusement, j'ai réagi à temps.

Je me suis parlé.

— Sébastien Letendre, si près du but, tu voudrais tout abandonner. Tu es encore plus lâche et plus peureux que je ne le croyais. Tu préfères parler de la reine des abeilles avec Jason plutôt que de te retrouver aux côtés de Chloé, la reine de ton coeur. Tant qu'à faire, maudit niaiseux, invite donc Gros-Tas à t'accompagner et passe la soirée sur ses genoux. Vous seriez le plus charmant petit couple que le Forum ait jamais hébergé.

Cet argument m'a fait réagir. Gros-Tas et moi, c'était une affaire classée. Je ne tenais pas à le revoir. Et encore moins à passer une soirée sur ses genoux.

La vie était injuste. Pourquoi fallait-il toujours se débattre pour avoir ce qu'on voulait? Ce serait si facile si on devinait les désirs des autres simplement en lisant dans leurs pensées.

Finis les mots inutiles!

Finies les longues explications!

Finies les fautes d'orthographe!

Toutes ces hésitations ne cessaient de se bousculer dans mon esprit. Malgré ça, je m'étais approché de Chloé durant la pause entre les cours.

J'étais maintenant seul à ses côtés et je devais agir. Je ne pouvais pas poireauter ainsi près d'elle sans éveiller sa curiosité. D'ailleurs, je savais que dans ce genre de situation, il ne fallait pas attendre trop longtemps pour agir.

J'avais le vertige.

J'allais passer à l'action, mais ça ne m'empêchait pas d'avoir un serrement dans la gorge. Je me répétais sans cesse que ce n'était pas si compliqué, qu'il suffisait de faire l'invitation. Je sentais des bouffées de chaleur. Mais j'en ai ressenti encore plus quand elle m'a aperçu et souri.

J'ai pris mon courage à deux mains et je me suis enfin décidé à faire ma demande. Heureusement, parce qu'il fallait retourner en classe.

— Chloé, est-ce que tu voudrais venir voir le spectacle avec moi?

— Quel spectacle, Sébastien?

— Bien, le spectacle du groupe Macédoine 649 dans trois jours, au Forum. J'ai deux bons billets pour nous deux. Je ne sais pas si tu aimes ce groupe. Moi, je l'adore.

Chloé n'a pas hésité une fraction de seconde pour répondre.

— Le groupe Macédoine 649! Ce n'est pas vrai, c'est une blague que tu me fais, Sébastien. C'est mon groupe préféré! J'ai essayé d'avoir des billets, mais il n'y en avait déjà plus quelques heures seulement après leur mise en vente. C'est le groupe qui chante *La chaleur d'un amour*, tu sais, la chanson super émouvante. Tu es vraiment sérieux, là, Sébastien?

— Puisque je te le dis, lui ai-je précisé en lui montrant les deux billets.

Elle m'a alors sauté au cou.

— Dément, Sébastien, tout à fait dément.

Avec une fougue que je n'avais pas osé imaginer, elle m'a ensuite embrassé sur les deux joues et sur les lèvres. Elle criait sa joie. J'avoue que j'aurais aimé plus de discrétion. Je ne tenais pas à ce que la classe entière apprenne que je sortais officiellement avec Chloé Beaupré.

Elle avait l'air de se ficher de ce que les autres pouvaient s'imaginer. Là, je n'avais pas de miroir devant moi, mais j'étais sûr que j'avais dû rougir autant qu'un homard bouilli. J'ai quand même réussi à balbutier:

— Veux-tu ton billet tout de suite?

— Non, non, garde-le. Tu viendras me chercher. On s'en ira ensemble au Forum.

Je ne m'attendais pas à une réaction aussi vive de la part de Chloé. J'en fus désarmé. Souvent, je réagissais ainsi. Je ne savais pas pourquoi, mais j'étais porté à imaginer le pire.

Avant de vivre les situations, je me faisais des scénarios où ça ne marchait jamais comme sur des roulettes. Alors, quand il m'arrivait le meilleur, comme là avec Chloé, je ne savais plus trop comment réagir. Et je perdis un peu du plaisir que le oui de

Chloé venait de me faire.

Une question surgit.

— Est-ce que je suis plus timide que la plupart des gars de mon âge?

À écouter parler mes amis, ils connaissaient la manière d'aborder les filles. Rien ne leur échappait. Il y avait une méthode et ils semblaient la posséder sur le bout de leurs doigts. Et l'appliquer à la perfection. Moi, j'avais souvent l'impression de perdre la face. Tellement trop intimidé que j'en devenais ridicule.

La méthode. Le secret des dieux.

— Il faut être indépendant avec les filles, sinon tu ne réussiras jamais. À l'oreille, murmure-leur que tu les aimes. Pas trop fort cependant. Avant tout, les filles veulent aimer. Elles sont folles de l'amour. Quand elles aiment, elles sont heureuses. Tu peux les aimer, bien sûr, mais ne le crie surtout pas sur tous les toits. Un gars, ça ne meurt pas d'amour. Une fille, oui.

Dans ma tête, ça continuait de plus belle.

— Les filles aiment les gars sûrs d'eux, les chefs de bande. Pas les mauviettes qui meurent d'amour. Travaille à être un chef et les filles seront là pour toi. À tes genoux. Et n'oublie jamais: l'indépendance avant toute chose.

À vrai dire, curieuse méthode.

Je l'ai tout de même expérimentée.

Dans mon cas, je devais l'avouer, ça n'avait jamais fonctionné.

Le jour où j'ai décidé d'être indépendant, je me suis rapidement retrouvé seul à attendre que les filles tombent à mes genoux. Personne ne s'est bousculé à mes pieds.

Je me suis dit que cette méthode fonctionnait peut-être pour tout le monde en général. Mais pour personne en particulier. Et avec Chloé Beaupré, j'y allais spontanément. Elle était si différente des autres. On saurait bien se comprendre.

J'étais assuré qu'Olivier, Jason, Narcisse ou le grand Philémon Papillon seraient jaloux s'ils savaient que Chloé était amoureuse de moi. Avec ma belle exception, j'allais enfin tout apprendre, tout vivre.

À presque seize ans.

Il était temps que ça m'arrive.

J'étais sûr qu'il n'y en aurait jamais d'autres. J'avais trouvé. De toute façon, je me fichais royalement des autres.

Et puis, Chloé, elle aussi, était sûrement amoureuse de moi. Elle ne m'aurait pas sauté au cou comme ça si elle ne m'avait pas aimé. Et elle n'aurait sûrement pas accepté mon invitation. Si elle avait dit oui, c'était qu'elle m'aimait.

Je n'avais jamais été heureux autant que maintenant.

Jamais je n'aurais imaginé que la vie puisse être aussi belle. Et j'étais sûr que ça ne faisait que commencer.

Il me vint en tête un couplet de *La chaleur d'un amour*.

Un jour c'est l'amour
l'amour de velours
la chaleur d'un amour
vaut bien tous les détours

Que c'était vrai!

Sur ce, je m'endormis.

J'avais passé une superbe journée, mais j'étais épuisé. Épuisé de bonheur. Aimer, il fallait bien l'avouer, procurait d'immenses satisfactions.

Et de gigantesques épuisements.

Chapitre 5

Par où commencer?

À dix-huit heures, j'étais chez Chloé et je sonnais chez elle.

Le spectacle devait commencer à vingt heures, mais je ne voulais pas être en retard. La vérité, c'était que je tenais surtout à être avec elle le plus longtemps possible. Même si je la voyais à l'école régulièrement, ce n'était pas pareil.

Ce soir, c'était une sortie officielle.

Ce soir, nous étions un couple.

Et ça faisait drôlement mon affaire de former un couple avec Chloé Beaupré.

— J'arrive, attends-moi deux secondes, me cria Chloé du deuxième étage.

Deux enfants s'approchèrent alors de

moi. Elles me regardaient avec curiosité et insistance.

— C'est toi, Sébastien? me demanda la plus vieille des deux qui devait avoir à peu près dix ans.

— Oui, c'est moi.

— Tu amènes Chloé voir le groupe Macédoine 649?

— Oui, c'est ça. Est-ce que tu connais ce groupe-là?

— Si je le connais? Mais oui. Tout le monde le connaît. D'ailleurs, on n'entend que ça dans la maison depuis trois jours. Moi, je ne l'aime pas tellement. Trop d'histoires d'amour, rien que des histoires d'amour quand on arrive à comprendre les mots.

En disant cela, elle a fait une de ces moues. Et elle a tout de suite ajouté.

— Moi, j'aime mieux Katsou. Dans ses chansons, il y a des cowboys, des Chinois, des corridas et des voyages. Et puis, elle est tellement drôle à voir chanter et danser. Moi, je trouve qu'elle est aussi bonne que Ladonna. Est-ce que tu l'aimes, toi, Katsou? Ma demi-soeur ne l'aime pas tellement. Regarde, je vais te l'imiter.

Demi-soeur?

C'était une très longue histoire. Chloé me l'a d'ailleurs racontée quelque temps plus tard.

Après une séparation d'avec son père, sa mère s'était remariée et avait donné naissance à deux autres filles, Marie-Ève et Sophie-Andrée. De son côté, son père, avait eu deux garçons, Fabien et Maxime. Chloé était donc une enfant unique pour son père et sa mère, mais elle avait tout de même deux demi-frères et deux demi-soeurs.

Si j'aimais Katsou?

Je n'avais pas eu le temps de répondre à la question que déjà Marie-Ève s'exécutait et me faisait une imitation quasi parfaite de Katsou.

Sur la chanson *La corrida des cowboys*, elle se déplaçait partout dans la pièce à un rythme affolant. On se serait cru dans une bagarre de film western tellement elle était déchaînée et y mettait du coeur. Comme dirait Chloé, c'était complètement dément.

Ça méritait une bonne main d'applaudissements.

— Marie-Ève, tu es encore meilleure que Katsou et Ladonna réunies, lui dis-je.

— Je peux faire *Bye, bye, mon beau*

Chinois aussi...

— Bon, allons-y, Sébastien, je suis prête, coupa alors Chloé en apparaissant devant nous. Elle est gentille, Marie-Ève, mais si tu la laisses faire, on n'est pas sortis d'ici.

Le choc.

Chaque fois, c'était la même chose.

Je savais que Chloé était belle. Je n'arrivais pourtant pas à m'y habituer. Et ce soir, elle était encore plus belle et plus rayonnante que d'habitude. Resplendissante comme les premiers rayons du soleil au printemps. Avant de quitter la maison, elle glissa spontanément son bras sous le mien.

La grande fierté.

— Bonne soirée, les amoureux, lancèrent Marie-Ève et Sophie-Andrée en choeur.

Le métro n'était pas très loin. Maintenant que Chloé était à mon bras, peu m'importait d'arriver en retard au spectacle. Avec elle, je me serais rendu jusqu'au pôle Nord chatouiller les ours polaires. Pendant que je m'imaginais dans les vastes steppes nordiques avec mon bel amour, nous avions marché d'un bon pas et atteint le métro.

— Si tu savais comme j'ai hâte au spectacle, m'avoua alors Chloé. Je suis tellement contente d'aller voir le groupe Macédoine 649.

Puis, elle me chuchota:

Ça rêve de tendresse
à longueur de journée
et ça remplit de caresses
la moindre de vos pensées

Les mots se glissaient dans mon oreille, m'effleuraient le coeur et me caressaient doucement. D'agréables frissons de plaisir me parcoururent alors tout le corps.

Mon doux amour.

J'ai alors failli répondre à Chloé que pour moi, l'important n'était pas le groupe Macédoine 649, mais le fait qu'elle ait accepté de m'accompagner. Avec elle à mes côtés, n'importe quel spectacle aurait fait l'affaire. J'exagérais à peine.

— Moi aussi, j'ai hâte, lui ai-je finalement répondu en essayant de contenir tant bien que mal mon enthousiasme.

Il ne fallait pas que ça paraisse que j'avais une folle envie d'elle. Ne jamais oublier: avoir l'air au-dessus de ses affaires, en laisser paraître le moins possible. Je voulais faire un homme de moi. Un homme indépendant, sûr de lui.

Comme on devait le faire.

Bien sûr, il était permis à un homme d'être amoureux. Mais pas au point de mourir d'amour. Et surtout pas au point d'en perdre la tête. Et encore moins au point d'en devenir fou.

De toute façon, je ne tenais pas trop à parler à Chloé. J'avais peu de choses intéressantes à lui dire. Sinon que j'avais complètement perdu la tête, que j'étais fou d'amour pour elle et que j'en mourrais si elle me quittait. Alors, je jugeai qu'il valait mieux me taire que de lancer de telles platitudes.

Un cri dans ma tête.

— Tu ne serais pas un homme, mais une poule mouillée.

Station Atwater.

Nous étions arrivés.

La plupart des jeunes descendaient à cette station. Ce soir, le Forum nous appartenait. J'imaginais mal mes parents venir assister au concert de Macédoine 649. J'imaginais mal ma mère, devrais-je plutôt préciser. D'ailleurs, je n'aurais pas été étonné de voir mon père dans les gradins. Il voulait tellement rester jeune.

Jeune à tout prix.

Ne pas vieillir.

C'était une véritable obsession.

Moi, c'était le contraire.

Je voulais vieillir. Au plus vite. Pour pouvoir tout faire et avoir les poches bourrées d'argent. Rendu à l'âge de mon père, j'agirai probablement de la même façon que lui. Je commencerai alors à vouloir rajeunir.

Y avait-il un âge parfait où on ne voulait ni vieillir, ni rajeunir?

Nous avions d'excellentes places. Je les avais d'ailleurs bien méritées. En plein milieu du Forum. Il restait une heure avant le spectacle et déjà l'amphithéâtre était rempli aux trois quarts.

Ce soir-là, je me sentais comme le centre du monde. Heureusement, Gros-Tas ne semblait pas être dans les parages. Je voulais demeurer au vingtième siècle et ne pas avoir à retourner à l'âge des cavernes.

C'est à ce moment-là que Chloé chercha à enlever son blouson. Je me précipitai pour l'aider, mais j'arrivai juste un peu trop tard.

Ma galanterie eut tout de même une douce récompense. Dans mon empressement, j'avais effleuré un de ses seins du revers de la main. Sur son beau T-shirt jaune, on pouvait voir une magnifique panthère noire prête à bondir. Et sous le félin, l'inscription suivante:

La course à l'amour
avec Macédoine 649

Qui allait bondir le premier, la panthère ou moi?

Du calme, Sébastien, du calme.

— C'est vraiment gentil d'avoir pensé à m'inviter à ce concert, me chuchota-t-elle.

Elle me remerciait encore...

C'était pourtant moi qui aurais dû la remercier à genoux d'avoir accepté mon invitation.

D'avoir pensé à l'inviter à ce concert...

Si elle savait que je pensais à elle tout le temps.

Là, je n'exagérais pas, je pensais toujours à elle. Et de plus en plus. J'essayais bien de me raisonner, de me distraire l'esprit, de me concentrer sur autre chose, c'était elle qui m'apparaissait.

Inévitablement.

J'aurais crié à la foule.

— Chloé Beaupré, je t'aime comme un fou. Chloé Beaupré, j'aime tes yeux, ton nez, tes mains, tes lèvres, ta bouche, tes seins, tes cuisses, tes fesses, ton cou, ton odeur, ton sourire. Chloé Beaupré, j'aime tout en toi puisque je t'aime.

Je me suis retenu.

J'avais hâte de prendre ses seins dans mes mains et de les caresser. J'étais sûr que ce serait doux, plus doux que tout. J'avais hâte de promener ma langue entre ses lèvres pour aller rejoindre la sienne qui devait goûter si bon. J'avais hâte, j'avais hâte...

Mais un jour, Sébastien, est-ce que tu auras le courage de te décider à agir? Ce n'était pas seulement une question de courage. Si je me décidais, je craignais la réaction de Chloé.

J'aurais dû lui demander.

— Toi, Chloé Beaupré, est-ce que mon corps t'intéresse vraiment? Est-ce que tu me trouves beau? Est-ce que tu m'aimes un peu? Bon, je sais au moins une chose de toi. Tu m'aimes assez pour avoir le goût de me chatouiller les oreilles et de me faire frissonner de la tête aux pieds. Chloé, m'aimes-tu assez pour avoir le désir de permettre à nos langues de s'amuser ensemble très, très longtemps?

J'avais un autre problème de taille.

Je ne savais vraiment pas par où commencer. Jusqu'à maintenant, j'avais déjà embrassé quelques filles. De plus, j'avais déjà effleuré quelques seins. Assez pour savoir que c'était drôlement excitant à toucher. Mais ça s'est toujours passé tellement rapidement.

Et jamais passionnément.

Non, j'étais un cas désespéré. Après tout, j'allais bientôt avoir seize ans, je n'avais pas encore fait l'amour et j'avais l'impression que je n'y arriverais jamais.

Il était donc grand temps que je me dégourdisse.

Selon ce qui se racontait à l'école, j'étais un attardé sexuel si je n'avais pas encore fait l'amour à presque seize ans. J'avais beau me dire que ce n'était pas si tragique que ça et que j'avais la vie entière devant moi, ça n'arrivait pas à me calmer. Je n'aimais vraiment pas me considérer comme un attardé.

Chloé, mon amour, tu devras m'aider.

J'aurais tellement aimé ça, faire l'amour avec Chloé. Mais je ne savais pas si elle avait déjà fait l'amour, elle? Est-ce que ça se demandait? Qu'allait-elle penser de moi si je lui demandais? Elle allait s'imaginer des choses. Avec raison, d'ailleurs. Si je pouvais lui en parler simplement, librement, ce serait si simple.

Ce n'était pourtant pas le cas.

Bon, une fois, j'ai tout vu.

J'ai déjà vu des films pornographiques. Je sais, je n'ai pas encore dix-huit ans. Mais le frère de Philémon Papillon, lui, les avait ses dix-huit ans. En regardant le film, je n'arrivais pas à croire tout ce que je voyais. J'étais plus intrigué qu'excité. Je me demandais comment les comédiens pouvaient faire l'amour comme ça devant des caméras.

Moi, je ne pourrais jamais.

Je me suis fait la réflexion que ces films commençaient là où la plupart des autres se terminaient. Et puis, à la télévision et partout d'ailleurs, on ne parlait jamais d'amour.

Non, on parlait plutôt de sida et de condoms. Je comprenais que c'était important le condom, mais il y avait aussi d'autres choses importantes à comprendre en amour. Protégez-vous!

Protégez-vous!

Une vraie obsession.

Moi, je me serais bien protégé si j'avais eu la chance de passer à l'action. En attendant, je ne risquais vraiment rien. Quand sa seule activité sexuelle se limitait à la masturbation, on n'avait quand même pas besoin de se préoccuper de protection. Et encore là!

À les écouter tous parler, on se demandait si on ne devrait pas se masturber avec des gants de caoutchouc. Par mesure préventive. Protégez-vous!... Protégez-vous!... Au cas où... au cas où...

Si j'osais.

— Chloé, m'aimerais-tu assez pour faire l'amour avec moi ou me mast...

— À quoi tu pensais, Sébastien? Tu avais l'air distrait? me lança Chloé à cet instant précis.

À quoi je pensais?

Ça ne se disait pas, rien à faire.

Du moins, pas à ce moment-là. Peut-être plus tard.

— Je pensais au plaisir qu'on aurait bientôt à assister au concert de Macédoine 649, répondis-je à Chloé. J'en frissonne déjà.

La belle réponse.

Franche et directe.

Mais comment agir autrement quand on n'avait pas encore commencé à faire l'amour et qu'on ne pensait pas pouvoir en parler sans avoir l'air d'un imbécile?

J'aurais dû tout savoir avant même d'avoir essayé quoi que ce soit. Dans la vie sexuelle, aucune expérimentation autorisée. Du premier coup, il fallait viser juste pour atteindre le septième ciel. C'était l'incroyable règle du jeu qui semblait exister.

J'étais en sueur.

Il fallait que je me calme.

Je devais me calmer.

Vite, Macédoine 649!

Vite que le spectacle commence. Pour que je puisse penser à autre chose.

Chloé se pencha alors vers moi et vint appuyer sa tête au creux de mon épaule. Ses cheveux blonds me chatouillaient les narines. Habituellement, j'étais allergique aux poils de chat. Mais pas aux cheveux de femme. Néanmoins, j'éternuai plusieurs fois en m'excusant.

Sauvé par les premiers accords de la guitare électrique.

Tout le monde debout et vive Macédoine 649!

À plus tard les prouesses amoureuses!

Chapitre 6

Tout nu dans le vide

— Sébastien, viendrais-tu jouer à la gardienne d'enfants avec moi, en fin de semaine prochaine, chez mon père? Lui et ma belle-mère veulent aller passer deux jours à Québec. Ils m'ont proposé de garder Maxime et Fabien. Si tu veux et si tu peux, tu resteras à coucher, samedi soir.

Si je voulais?

Quelle question!

Qui pourrait être assez bête pour refuser une telle proposition? Deux jours et une nuit avec Chloé, c'était au-delà de mes espérances. Surtout une nuit. Toute une nuit à se blottir l'un contre l'autre.

Bien sûr que je voulais.

Oui, je le veux.

— Je vais arranger ça, lui ai-je répondu en tentant de garder mon calme.

— C'est parfait, Sébastien, je compte donc sur toi.

— Oui, oui, j'y serai. Sans faute.

Si je pouvais?

Ça, c'était une autre question.

Premier détail important: ma mère.

Selon son évaluation, elle me laissait libre. Mais elle n'accepterait jamais de me laisser aller coucher chez une amie de fille. De toute façon, j'aimais mieux être sûr de mon coup. Je lui raconterais que je passerais la nuit de samedi chez Jason. Et je m'arrangerais avec lui.

Deuxième détail important: les condoms.

Il fallait que j'en apporte.

Non, ce n'était pas parce que je craignais d'attraper une MTS quelconque. Dans ma tête, les MTS étaient un problème d'adultes qui essayaient de faire paniquer les jeunes. Au lieu de nous expliquer comment vivre notre sexualité, ils ne parlaient que des dangers des MTS et de l'horreur du sida si l'on ne se recouvrait pas.

Ça me faisait penser à ma mère qui me disait toujours de me couvrir la tête si je ne voulais pas attraper une vilaine grippe.

Autres temps, autres épidémies.

Heureusement que j'avais Marie-Louise pour m'expliquer les risques de l'amour. Je ne tenais pas à ce que Chloé devienne enceinte. J'avais bien retenu la leçon de ma soeur.

— Quand il y a pénétration, Sébastien, il faut être très prudent. La moindre petite goutte de sperme qui s'échapperait du pénis et l'ovule pourrait être fécondé. Et un ovule fécondé, ça donne un beau petit bébé, environ neuf mois plus tard.

J'avais compris.

Ce n'était pas que je n'aimais pas les enfants. Au contraire. Chloé et moi étions cependant un peu jeunes pour devenir parents.

À notre âge, on ne faisait pas l'amour pour procréer. Non, on le faisait par amour et pour avoir du plaisir. Au moins, pour essayer d'en avoir. Pour tout l'or du monde, je n'aurais souhaité que Chloé doive se faire avorter à cause de moi. Je voulais la rendre heureuse, pas lui infliger des cauchemars.

Alors, pas d'hésitation.

Oui au condom.

Pour me rendre la tâche plus facile, ma soeur Marie-Louise avait pris une belle initiative.

— Sébastien, quand tu seras prêt à faire l'amour, tu n'auras qu'à venir te servir dans le premier tiroir de ma commode. J'ai toujours une bonne réserve de condoms.

Elle avait raison de m'aider à prendre des précautions. J'aurais peut-être négligé d'aller me procurer des condoms à l'extérieur. J'étais heureux de penser que j'allais bientôt faire l'amour. Pourtant, de là à l'annoncer à n'importe quel étranger en allant m'acheter des préservatifs, il y avait une marge. J'aurais eu beau me répéter que ce n'était pas ses affaires, mais les miennes, c'aurait pu être gênant.

— Claudette, ma chère petite maman, je voudrais coucher chez Jason demain soir. Je ne rentrerai que dimanche en fin d'après-midi.

— Je te l'ai déjà dit, Sébastien, j'aime mieux que tu couches ici. Tu peux rentrer à l'heure que tu veux, mais viens donc coucher dans ton lit. J'aime mieux ça.

Toujours l'inquiétude.

Toujours la même éternelle inquiétude.

Ma mère prétendait qu'après minuit, il

ne se passait rien de bon dehors. Pauvre elle, si elle savait que c'était le contraire. Avant minuit, il ne se produisait jamais rien d'intéressant. Mais elle avait passé l'âge des folies de l'après-minuit. De toute façon, elle ne fréquentait plus beaucoup les hommes depuis quelques années.

Je le savais, je la voyais faire.

Malgré le fait qu'elle l'avait provoquée, elle n'avait jamais accepté la séparation d'avec mon père. Ça faisait déjà six ans et elle semblait lui en vouloir encore. Les circonstances de la rupture lui avaient laissé un goût amer. L'événement avait été plutôt brutal.

Imaginez la scène.

Vingt et une heures.

Depuis une demi-heure, j'étais couché.

Comme d'habitude, avant de m'endormir, Anne, ma gardienne habituelle et préférée, m'avait raconté une histoire. Elle savait m'en inventer de nouvelles chaque fois. Ce soir-là, le héros était un taureau sauvé de la corrida par une extra-terrestre.

— Et maintenant le taureau a perdu ses cornes, car il n'en a plus besoin. Et il garde un troupeau de chèvres volantes dans la galaxie des animaux heureux...

Je me suis endormi.

Tel un animal galactique heureux.

Cette semaine-là, ma soeur Marie-Louise était absente de la maison. Avec l'école, elle passait une semaine à la campagne. Comme tous les jeudis soirs, ma mère sortait avec ses amies. De son côté, mon père en profitait. Les jeudis soirs, il travaillait un peu plus tard à son bureau.

C'est pourquoi on faisait souvent appel à une gardienne qui prenait soin de moi durant quelques heures. Le temps que mon père puisse revenir de son travail. Après tout, je n'avais que neuf ans. Et puis, Anne était tellement charmante que j'y tenais à ces quelques heures en sa compagnie.

Ces soirs-là, ma mère rentrait toujours à la maison vers minuit ou un peu avant. J'avais l'impression que Claudette avait été profondément marquée par l'histoire de Cendrillon qui devait obligatoirement revenir avant minuit.

Sinon, c'était la catastrophe.

Pourtant, maman, si tu savais qu'après minuit, il se passe des tas de choses excitantes dans la tête de la vie.

Le soir où je m'endormis dans la prairie des animaux galactiques heureux, il ne se passa rien de bon pour ma mère avant minuit. Une de ses copines avait eu un malaise au restaurant et la sortie avait dû être écourtée.

À vingt et une heures trente, Claudette revenait donc à la maison.

Une fort désagréable surprise l'y attendait.

Quand elle vit la scène, elle poussa un cri. Assez fort pour me réveiller. Mon père venait de se faire prendre en flagrant délit. Il était à moitié nu et Anne aussi. Anne, ma gardienne préférée.

Que dire de plus?

Mon père tenta de s'expliquer et implora ma mère de ne pas se fier aux apparences et d'éviter de sauter trop vite aux conclusions. Il s'avérait toujours difficile de nier l'évidence surtout quand on ne s'était pas préparé à le faire.

Même si l'on prétendait que les apparences étaient souvent trompeuses, dans ce cas-là, elles semblaient plutôt accablantes et révélatrices d'une situation claire, nette et précise. Du moins, ce fut l'interprétation qu'en fit ma mère.

La suite des événements ne fut pas compliquée et se déroula rapidement. Ma mère pria mon père de quitter immédiatement les lieux. C'est ce qu'il fit. Après s'être rhabillé, bien sûr. Mon père Benoît venait aussi de m'enlever ma gardienne préférée. C'est ce que j'ai alors cru. Pourtant je me trompais.

À ce moment-là, j'ignorais que mon père et Anne allaient décider de vivre ensemble. Depuis, ils se sont mariés. Dans le cas de mon père, ce fut un remariage. Pour Anne, ce fut un mariage. Ma gardienne préférée devint donc ma belle-mère.

Ma mère n'a jamais pardonné à mon père cette humiliation. À l'âge de trente-neuf ans, Claudette était déclassée par une jeune fille de dix-sept ans. C'était dur à avaler. De toute façon, être déclassé, peu importait l'âge, c'était toujours dur à avaler.

Depuis ce temps, quand ma mère discutait avec ses amies, je l'entendais souvent dire que les hommes étaient tous des menteurs et des écoeurants. Mais un jour, fort heureusement pour moi, elle a précisé.

— À part toi, bien sûr, mon Sébastien.

Mon père n'était pas un écoeurant. Je comprenais ma mère. Cependant, je ne partageais pas son point de vue. Et puis, j'ai toujours réussi à ne pas me mêler de leurs histoires. Après tout, c'était leur vie, pas la mienne.

— Comment va ton père, Sébastien?

— Demande-lui.

— Comment va ta mère, Sébastien?

— Demande-lui.

De moi, ils n'en sauront jamais ni plus, ni moins.

Je n'étais ni un messager, ni un conseiller matrimonial et je n'avais pas l'intention de le devenir.

Loin de là.

S'ils voulaient en savoir plus, ils pouvaient toujours interroger leur fille Marie-Louise. Avec un grand plaisir, elle leur dresserait un bilan complet des états d'âme de chacun d'entre eux. Moi, je me mêlais de mes affaires. C'était largement suffisant.

J'aurais d'ailleurs aimé que mes parents agissent de la même manière avec moi et qu'ils se mêlent de leurs affaires. Ils pourraient être là simplement quand j'avais besoin d'eux, quand je leur en faisais la demande. À quoi ça devait donc servir des parents sinon à être présents et prêts à aider leurs enfants au moment où ces derniers les réclamaient?

Malheureusement, c'était souvent l'inverse qui se produisait. C'étaient les parents qui décidaient des occasions où leurs enfants avaient besoin d'eux.

Vraiment le monde à l'envers.

Permission finalement accordée.

Je pouvais passer la nuit chez Jason. Officiellement. Avec ma mère, je finissais toujours par obtenir ce que je désirais. Question de doigté. Espérons que j'en aurais autant avec Chloé.

Quand je pensais que j'allais passer une nuit complète avec Chloé, dans la même maison qu'elle et dans le même lit qu'elle, ça m'excitait.

Ça m'excitait, mais ça m'inquiétait aussi.

Dire que je ne savais pas si elle avait déjà fait l'amour. Depuis deux mois que je la fréquentais, j'aurais franchement pu en profiter pour m'en informer.

Pas vite, le Sébastien Letendre!

Si elle avait déjà fait l'amour, j'aurais sûrement l'air malhabile. Elle aurait de l'expérience et je n'en avais pas. Je savais une chose: j'adorais lui caresser les seins. Je l'avais déjà fait, un soir, après la partie de basketball. Caresser un sein, c'était moins compliqué que faire l'amour. On n'avait pas besoin de se mettre des condoms au bout des doigts.

À propos de condoms, je me demandais combien je devais en apporter. Une boîte de douze, c'était sûrement suffisant. Je ne savais pas et il valait mieux en avoir plus qu'en manquer.

De toute façon, j'avais l'intention de m'exercer à en mettre un le soir même. On m'avait dit que ce n'était pas compliqué et que ça tenait tout seul. Pour être plus sûr, je voulais essayer.

Ce soir-là, j'ai fait un cauchemar.

J'étais emprisonné à l'intérieur d'un grand condom perdu dans l'espace. J'étais nu, mes vêtements avaient été perdus. Il me restait seulement mes deux mains pour couvrir mon sexe. Le condom était entouré d'énormes spermatozoïdes qui me pointaient du doigt et qui riaient de moi.

Je n'ai jamais aimé faire rire de moi, pas plus dans mes rêves que dans la réalité. Mais je ne pouvais rien faire, enfermé dans mon condom. À un moment donné, dans un grand éclat de rire, l'un des spermatozoïdes géants sortit un immense couteau et déchira le condom.

Je tombais dans le vide.

Le néant.

Un puits sans fond.

On ne pouvait rien faire dans une telle situation. On dégringolait, mais on ne rigolait pas beaucoup. Rien de plus désagréable que cette sensation de tomber à une vitesse vertigineuse dans un puits sans fond. On cherchait en vain les points d'appui pour se ralentir un peu, pour s'agripper à la vie, pour faire des grimaces à la mort.

Malheureusement, on ne pouvait pas contrôler ses rêves. Si l'on avait eu la possibilité de le faire, je savais très bien dans quel genre de rêve j'aurais plongé. À corps perdu.

Je me réveillai en sursaut.

Où étais-je donc?

Ouf! dans ma chambre et dans mes draps. Et puis, la peur des monstres, c'était à jamais terminé. Je n'étais plus un enfant. Quand on couchait avec une fille, c'était le signe que notre enfance était maintenant terminée.

Pour adultes seulement.

Je songeai au lendemain.

En effet, à la même heure, je me voyais déjà allongé dans les bras de Chloé. Tout imprégné de son odeur et de sa chaleur. Tout blotti contre sa belle peau plus douce que le velours. Heureuses perspectives.

Envahi par ces pensées plutôt excitantes, je frissonnais... Et ce qui devait arriver arriva. Tout d'un coup, la nature étant ainsi faite, mon pénis se raidit. J'avais une superbe érection.

— C'est le temps ou jamais d'essayer le condom, ai-je alors pensé.

En effet, rien de plus facile à installer. Il suffisait simplement d'enrouler. Puis, je me regardai dans le miroir. J'avais l'air ridicule. Mon pénis semblait complètement déprimé avec un tel accoutrement. Ça me faisait rire et ça faisait du bien. Rien de mieux que de rire pour chasser la nervosité.

Ensuite, je me recouchai et le sommeil ne tarda pas.

Cette fois, pour la nuit.

Et sans autre cauchemar.

Chapitre 7

La longue nuit blanche

Tel qu'entendu, à quatorze heures le samedi, je sonnais à la porte de la maison du père de Chloé. Pour tout bagage, je n'avais que ma brosse à dents et ma boîte de condoms.

L'essentiel, quoi!

J'étais attendu.

Autant par les enfants que par Chloé. Quatre et trois ans, c'était quelque chose à voir. Pour Chloé et moi, il y avait un avantage à garder des enfants de cet âge: on pourrait les coucher très tôt et savourer ainsi une plus longue nuit. De telles occasions étaient rares. Pour moi, en tout cas. Je n'avais donc pas l'intention de rater ma nuit pour quelque raison que ce soit.

Je venais à peine d'enlever mon blouson quand j'ai noté que l'action ne manquait pas dans la maison.

— Maxime, attention à la lampe!

Trop tard.

La lampe était par terre. Heureusement, elle n'était pas brisée. Bon, maintenant c'était l'heure de la sieste. Malheureusement pour nous, pas moyen de coucher les deux enfants ensemble. Dès que l'un s'endormait, l'autre se mettait à pleurer. Le manège a ainsi duré une bonne heure.

Seize heures.

Maxime et Fabien semblaient toujours aussi surexcités et grimpaient un peu partout y compris sur le dos du wawal Sébastien. D'un commun accord, Chloé et moi avons alors décidé qu'un peu d'air frais leur ferait du bien.

Il y avait un parc miniature à proximité de la maison. Avec leurs jouets préférés, on les installa dans le carré de sable et on les surveilla. On pouvait enfin jouir d'un peu de répit. En effet, depuis deux heures que j'étais maintenant là aux côtés de ma chère Chloé, j'avais à peine eu le temps de lui parler. Évidemment, encore moins de lui toucher.

Un peu de patience, Sébastien, tu avais la nuit devant toi.

— Ils sont en santé, tes demi-frères.

— Mets-en, en santé. C'est de la dynamite en capsules, ces deux-là. Plus en santé que ça, tu meurs.

— À quelle heure penses-tu qu'on va pouvoir les coucher pour la nuit?

— Tout de suite après le repas. Et ils vont manger tôt, très tôt, je t'en donne ma parole.

— Tu as raison, le plus tôt sera le mieux. De toute façon, ils commencent à avoir l'air fatigués.

Ce n'étaient pas tellement eux qui semblaient fatigués, c'était plutôt Chloé. Elle avait même l'air épuisée. Ce matin-là, elle avait dû se réveiller à six heures pour les faire manger. Elle n'avait pas réussi à les rendormir.

Comme je l'avais constaté moi-même, les deux petits anges n'étaient pas de féroces amateurs de sieste. Chloé n'avait donc pu reprendre les heures de sommeil perdues. Heureusement, on n'avait pas à changer leurs couches car, bien sûr, à leur âge, ils n'en portaient plus.

Dix-sept heures trente. Retour à la maison.

L'heure du repas avait sonné.

J'en profitai pour leur fredonner une petite comptine que j'avais composée et qui m'avait déjà servi dans d'autres circonstances. Ça m'arrivait fréquemment d'agir comme gardien de jeunes enfants. J'avais alors appris qu'ils voulaient jouer sans arrêt. Surtout au moment de manger et de se coucher.

Ma comptine avait un double objectif: calmer les enfants pendant les repas et leur permettre ainsi de bien digérer. La bonne digestion, c'était important.

Précisément ce soir.

Je n'aurais pas apprécié que l'un des demi-frères de Chloé tombe malade durant la nuit. Ce n'était pas le style de nuit blanche que j'espérais vivre.

De toute façon, on les aurait assez tôt dans nos draps le lendemain matin. En attendant, il fallait les nourrir et les endormir au plus vite. Une nuit dans les bras de Chloé, ce ne serait jamais trop long et toujours trop court. J'y allai donc avec ma comptine magique.

Dans mon avion
ronron macaron
dans mes grandes bottes
purée de carottes
à dos de canard
purée d'épinards
et avec du lait
purée de navet
patati patata
ça fait un bon repas

Ma performance impressionna plus Chloé que Maxime et Fabien. Ces derniers semblaient se ficher éperdument de ma chanson que j'avais pris soin d'accompagner de grandes mimiques. Les mains plongées jusqu'aux coudes dans leurs assiettes, ils avalaient goulûment les carottes et les épinards. Inondés de purée, l'heure du bain avait maintenant sonné.

Et quelques instants après, l'heure du dodo.

Tout se déroula parfaitement bien.

À dix-neuf heures, Fabien et Maxime dormaient comme des anges. Et moi, je resplendissais de vitalité.

Enfin seuls!

— Ouf! je suis épuisée, dit Chloé. Et je

meurs de faim. Si on commandait une bonne grosse pizza.

— Excellente idée, répondis-je.

Une heure plus tard, nous étions attablés devant le téléviseur. On avait programmé une émission spéciale intitulée *La nuit blanche de l'horreur*. Six films en succession.

Un vrai marathon.

Le menu était alléchant: *Le pique-nique des morts vivants*, *Massacres sur le pont Bridge* et *Les brumes de la nuit*. Puis *Le maniaque au couteau vert*, *Le sang des Tropiques* et *Les griffes de la mort*.

Malheureusement, je n'étais pas friand des films d'horreur.

Je les voyais plutôt comme des comédies et ça me faisait sourire. Du carton-pâte signé Hollywood. Non, j'aurais d'emblée préféré *Une nuit rose de l'érotisme* avec les six films d'Emmanuelle les uns à la suite des autres.

Il y avait pourtant un avantage à regarder des films d'horreur. Quand Chloé aurait peur et, en certaines occasions, elle ne pourrait faire autrement, elle se rapprocherait de moi. On serait alors tous les deux collés comme des grands amoureux. Cette perspective ne me déplaisait pas du tout.

Manger une pizza pendant *Le pique-nique des morts vivants*, c'était un exploit. On avait beau ne pas croire à ces horreurs et se dire que c'était du cinéma de carton-pâte et de sauce aux tomates, on ne pouvait s'empêcher d'être envahi par la force des images.

Heureusement, dans ce premier film du festival, le sang n'avait pas trop coulé. Moi, j'avais toujours eu le coeur sensible.

Je n'aurais donc pu m'empêcher de faire un parallèle entre la sauce aux tomates de la savoureuse pizza et le sang rougeâtre des monstres de l'écran.

Non, le déluge de sang, c'était pour le film suivant: *Massacres sur le pont Bridge*.

Maintenant vingt-deux heures.

Avec les enfants, tout allait bien.

Ils continuaient de dormir comme les vrais petits anges qu'ils n'étaient pourtant pas. Chloé, de son côté, semblait complètement absorbée par les films d'horreur.

Je tentais de me rapprocher délicatement d'elle, cependant, elle m'ignorait.

De temps en temps, elle lâchait de tels cris qu'elle me faisait sursauter même si j'étais à côté d'elle. Je sentis le besoin de lui dire de faire attention de ne pas réveiller les petits.

— Ne t'inquiète donc pas, Sébastien, des enfants, c'est toujours difficile à endormir. Mais quand c'est fait, c'est fait pour longtemps. Ce ne sont pas des petits cris dans la nuit qui vont les déranger.

Les petits cris dans la nuit, c'était moi que ça commençait à indisposer. Au lieu de ces cris stridents qui m'agressaient, j'aurais préféré que Chloé me susurre des mots doux à l'oreille. Comme au spectacle de Macédoine 649.

Mes désirs étaient pourtant légitimes. Chloé m'avait invité, j'étais là, le temps passait et rien ne se produisait d'autre qu'un vaste musée de l'horreur qui défilait devant nos yeux.

L'horreur excitait Chloé et moi, je m'énervais.

Je n'arrivais pas à croire que nous allions passer la nuit, prisonniers de cet écran maudit. Je n'avais pas vraiment envisagé de faire face à une telle situation.

La Chloé qui dévorait *La Misère humaine* et qui aimait tant les chansons d'amour de Macédoine 649, où était-elle donc? En tout cas, pas dans les bras de Sébastien Letendre comme il l'aurait ardemment désiré. Non, elle préférait se balader dans *Les brumes de la nuit.*

Minuit.

Jusqu'à maintenant, je ne pouvais pas dire que je n'avais pas eu de contact avec Chloé. Au contraire. J'avais plutôt eu des contacts virils comme les auraient nommés les commentateurs sportifs.

Régulièrement, Chloé me pinçait les cuisses, m'agrippait les bras ou me donnait des coups de coude dans le ventre. J'ai même failli avoir droit à un doigt dans l'oeil. Tout ça, bien sûr, accidentellement. Dans le feu de l'action. Dans le sillage des émotions fortes causées par les images du petit écran.

C'était simple: je recevais moins de coups quand je jouais une partie de hockey. Et encore là, en pratiquant mon sport favori, j'étais protégé des pieds à la tête. Avec Chloé, je n'avais aucune protection. Ou plutôt si, j'en avais une, mais elle ne servait pas à grand-chose.

Comment aurais-je pu deviner que je devais apporter des épaulettes, des jambières, un casque protecteur et une visière au lieu d'une petite réserve de condoms?

Dans la vie, on avait beau essayer de tout prévoir, on ne savait jamais ce qui nous pendait au bout du nez. Cependant, il n'était pas question que je me laisse abattre.

À la porte, le découragement!

Bienvenue à la patience et à la ténacité!

Pendant *Le maniaque au couteau vert*, je réussis finalement à glisser mon bras autour de l'épaule de Chloé. Et j'approchai ma main de son sein gauche. Puis, délicatement, je m'emparai de ce sein tant désiré.

Je commençai doucement à le caresser tout en approchant mes doigts du mamelon qui ne tarda pas à durcir. De sentir gonfler le mamelon de Chloé me rendit fou de désir. J'avais envie d'aller goûter à ce mamelon, de l'humecter de toute ma salive, de le téter de ma langue avide. Et pourquoi pas?

Décidé, je me penchai vers le mamelon de Chloé.

Ce fut le moment précis que choisit le valeureux maniaque du film pour enfoncer son couteau vert dans le ventre de sa victime. Chloé bondit alors littéralement du fauteuil. Ainsi, au lieu de goûter un doux mamelon de ma langue avide, je reçus un solide coup de coude sur le nez qui se mit à saigner.

Ça créa une drôle d'ambiance. Il y avait de la sauce aux tomates à l'écran et du sang dans notre salon. J'étais sûr que les producteurs de films n'en demandaient pas tant à leur auditoire. J'aurais pu gagner le prix du spectateur qui participait le plus au déroulement d'un film.

Chloé s'excusa.

— Ce n'est rien. La tête penchée vers l'arrière durant quelques secondes et tout rentrera dans l'ordre, la rassurai-je.

De fait, c'était un incident anodin qui ne faisait que s'ajouter aux autres incidents anodins de la soirée. Malgré cela, je ne désespérais pas encore d'arriver à faire l'amour avec Chloé.

Cependant, je réalisais que le temps jouait en ma défaveur. La nuit devenait de plus en plus courte à mesure que *La nuit blanche de l'horreur* se déroulait devant nous. Je n'avais tout de même pas perdu assez de sang pour diminuer ma fougue. La fougue de mes presque seize ans.

Quatre heures.

Le sang des Tropiques.

Maintenant ou jamais.

Pendant une pause publicitaire, je fonçai vers sa bouche et j'allai demander l'hospitalité à sa langue. En même temps, je glissai ma main entre ses cuisses. Quand celle-ci atteignit le but de son voyage exploratoire, Chloé dégagea rapidement sa langue. Elle en avait besoin pour me parler.

— Sébastien, je voulais te dire quelque chose, mais ça me gêne un peu...

— Quoi?

— Je suis menstruée, tu comprends... Je ne veux pas faire l'amour comme ça. Pas la première fois avec toi. On pourra se reprendre une autre fois.

Si je comprenais?

Et comment!

Je comprenais surtout qu'on allait se reprendre. Je n'avais rien contre cette perspective. Cette nuit m'avait totalement épuisé. D'avoir remis à plus tard notre première fois nous avait calmés tous les deux. On sentait maintenant la lourdeur de nos paupières. Il ne restait qu'un film à la longue nuit d'épouvante.

On s'endormit pendant le générique.

Collés l'un à l'autre devant *Les griffes de la mort*.

Comme des grands amoureux.

Pour une demi-heure.

Maxime et Fabien se chargèrent de nous ramener à la dure réalité. Debout, en pleine forme, ils étaient là tous les deux. En souriant et en criant, ils nous imploraient de venir jouer avec eux. Il était six heures du matin. On ne pouvait pas leur en vouloir, ils avaient fait leur part, ils venaient de dormir plus d'une dizaine d'heures d'affilée.

Erreur de synchronisation.

Leur nuit finissait pendant que la nôtre essayait de commencer. Ils avaient sûrement faim. Si je m'étais écouté, je leur aurais fait avaler les restes de la pizza de la veille. Le pire, c'est qu'ils auraient probablement aimé ça. Tout de même, je n'étais pas un ignoble individu.

Comme Chloé était plongée dans un profond sommeil et qu'elle ne semblait pas vouloir le quitter, le wawal Sébastien alla donc préparer des céréales et de la compote de pommes aux deux lève-tôt.

Ils réclamaient à grands cris une chanson pour agrémenter le tout. À moitié endormi, je dus m'exécuter. J'ai marmonné quelques mots et ils ont eu l'air d'aimer ça.

Après le repas, j'essayai d'aller les

recoucher. Inutile de dire que ce fut peine perdue. Et en prime, j'eus droit à une crise mémorable. Je n'insistai donc pas.

Je ne voulais pas qu'ils réveillent ma chère Chloé qui arrivait à dormir profondément malgré ce vacarme. J'ai donc pris soin de Maxime et de Fabien tout le temps que Chloé a dormi.

Jusqu'à midi, la chanceuse!

Décidément, ce n'était pas la fin de semaine de rêve que j'avais imaginée. Heureusement que l'amour me donnait des ailes et me rendait plus compréhensif. Quand Chloé se réveilla enfin, j'en profitai pour saluer tout le monde. Je téléphonai même à un taxi. Ce matin-là, je n'avais ni le goût, ni l'énergie d'aller me balader dans les transports en commun.

Vite, à la maison jusqu'à mon lit!

J'avais un urgent besoin de dormir.

Et de rêver.

Chapitre 8

Le souffle coupé

Ce dimanche-là, à mon retour à la maison, ma mère m'attendait de pied ferme. Elle ne paraissait pas de très bonne humeur. Je pensai qu'elle s'était encore disputée avec mon père. Malgré la distance et la séparation, ça leur arrivait souvent.

Si ma mère avait pu se dénicher un amant sérieux, j'aurais été heureux pour elle. Et pour moi aussi. C'était vraiment la meilleure chose qui aurait pu lui arriver. Elle était encore désirable. Malheureusement, elle ne semblait pas intéressée à connaître des hommes.

Il me semble, Claudette, que tout doit avoir une fin. Six ans de rancoeur, ça me paraît suffisant. Il était grandement temps de passer à autre chose.

— Où étais-tu la nuit dernière, Sébastien?

— Chez Jason, voyons. On a regardé la nuit d'horreur à la télé et c'était vraiment très apeurant.

— Sébastien, tu n'as pas passé la nuit chez Jason puisque Jason était chez Olivier. Hier, durant la soirée, je voulais te parler et j'ai appelé chez Jason. Tu n'y étais pas et sa mère m'a dit qu'elle n'avait jamais entendu parler que tu devais aller chez elle. J'ai vérifié auprès des parents d'Olivier. Jason passait la nuit chez Olivier, mais pas toi, Sébastien.

Fait comme un rat!

Si j'avais eu Jason devant moi, je lui aurais fait avaler sa collection complète de bestioles. Et j'en aurais ajouté quelques vivantes pour agrémenter le tout.

Jason m'avait pourtant bien promis de tout organiser pour me protéger des indiscrétions de ma mère. Bon, le mal était fait. Je devais sauver du temps. Dans ces cas-là, l'attaque restait la meilleure défensive.

— Au cas où tu l'aurais oublié, ma chère maman, j'ai presque seize ans. Je ne suis donc plus un enfant pour devoir te rendre des comptes.

— Ce qui me chagrine le plus, Sébastien, ce n'est pas que tu aies passé une nuit quelque part je ne sais où. Non, ce n'est pas ça. Ce qui me blesse profondément, c'est que tu m'aies menti. Je hais le mensonge. Moi qui croyais avoir établi un climat de confiance entre nous, je vois que j'ai lamentablement échoué. Dans ma vie, j'aurai donc réussi à tout rater. Même l'éducation de mes enfants.

Les éternels grands principes moraux.

Je devais l'arrêter. Au plus vite.

Sinon, si je continuais à la laisser aller dans son analyse de la situation, on se retrouverait vite sur la pente abrupte d'une véritable tragédie familiale. J'étais assuré d'hériter du rôle d'un personnage plutôt hideux et sans scrupule. Mais pour éviter que ça se détériore, quoi dire et quoi faire?

J'aurais offert le reste de mon compte en banque pour ne pas être forcé de vivre une telle situation. Les pieds dans les plats. Dans mon tort, jusqu'au cou. Et puis, j'étais complètement épuisé de ma folle nuit et mes pensées ne brillaient pas spécialement par leur clarté.

Il me vint cependant une idée.

Pourquoi ne pas dire la vérité?

Sans détour. La vérité crue. Comme tout le monde aimerait toujours le faire.

— Ma chère maman, j'ai passé une nuit d'épouvante aux côtés d'une fille exquise dont je suis follement amoureux. Maintenant, tu sais tout. Le mensonge, ce n'était pas un vrai mensonge. C'était plus une stratégie. Mets-toi à ma place deux secondes. Si je t'avais demandé la permission, tu n'aurais jamais voulu. Et à mon âge, j'aime ça sentir que je décide de ma vie de temps en temps.

Continuons. Ça fait du bien de dire sa vérité, toute sa vérité, rien que sa vérité.

— Et ne te fâche pas maintenant que tu connais l'histoire de A à Z. Ma franchise ne doit pas se retourner contre moi. Claudette, tu es la plus merveilleuse mère que je connaisse! Mais arrête de t'inquiéter à mon sujet. Selon les psychologues, tout se joue avant six ans. J'en ai presque seize. Tu as vraiment fait ta part, je t'assure. Maintenant laisse-moi faire la mienne.

J'aurais aimé pouvoir parler comme ça à ma mère Claudette.

Malheureusement, j'en fus incapable.

Je préférai garder le silence.

J'écopai alors d'une sentence plutôt sévère: pas de sortie, sauf pour me rendre à l'école tant que je n'aurais pas dit la vérité, toute la vérité, rien que la vérité. Et en prime, je devais aller immédiatement dans ma chambre jusqu'au lendemain matin.

De toute façon, c'était ce que j'avais l'intention de faire. Je me sentais comme un chat de gouttière qui revenait à la maison en ronronnant.

À la place de ma mère, je me serais condamné, en plus, à faire le ménage de ma chambre. Elle n'a pas dû y penser parce qu'elle me l'aurait demandé.

Le ménage, selon elle, ça met de l'ordre autant dans la tête que dans les objets. Même si je le voulais, maman, je ne saurais pas par quel bout commencer. Autant dans ma chambre que dans ma tête.

Les jours qui suivirent ma fin de semaine de rêve ne furent pas de tout repos. Ils s'avérèrent plutôt difficiles à vivre. Autant à la maison qu'à l'école. Et comme par hasard, la pire journée eut lieu un vendredi treize. Je n'étais pourtant pas superstitieux. Loin de là. Mais je n'étais pas prêt d'oublier ce jour maudit.

Le matin de ce vendredi treize, j'avais pris une grande décision. Le soir même, j'allais tout avouer à Marie-Louise à propos de moi, de Chloé et de notre nuit blanche. Ma soeur avait toujours l'argument massue qu'il fallait.

À fréquenter quotidiennement les livres des grands spécialistes des comportements humains, elle finissait par ne jamais être à bout d'explications. Elle saurait donc convaincre ma mère qu'il n'y avait rien d'alarmant ni de dramatique dans l'attitude de son fils.

En effet, ce n'était pas parce qu'on découchait une nuit qu'on arrivait à atteindre le fascinant pays des merveilles érotiques. Quant aux horreurs de la drogue, l'autre hantise de ma mère, elles se manifestaient autant en plein jour que la nuit. Pour vivre en toute sécurité, j'aurais dû me barricader dans ma chambre à longueur de journée.

Moi, je voulais apprendre à vivre dans l'univers tel qu'il était, pas tel que Claudette aurait voulu qu'il soit. Au fond, je ne cherchais rien d'autre que d'avoir la chance de me faire une idée.

Pour ça, je devais aller voir comment ça se passait dans les couloirs de la vie.

Surtout de la vie nocturne. Avec Marie-Louise comme alliée, j'étais convaincu que l'interdiction de sortir le soir serait rapidement levée.

Tous les vendredis, à l'école, c'était la partie de basketball. Et comme d'habitude, à moins d'un miracle, nous allions nous faire battre à plate couture par l'équipe des Bleus dirigée par le capitaine Simon Lefort, un géant de la fin du secondaire.

Depuis que j'avais eu la lourde tâche de remplacer Philémon Papillon dans l'équipe des Rouges, j'avais l'impression de ne pas toujours être à la hauteur de la situation. Mais il faut dire qu'il me manquait l'équivalent d'une bonne tête pour y arriver.

Avec Chloé, c'était au beau fixe. Ou presque. J'étais plus amoureux d'elle que jamais, mais je commençais à réaliser que je devenais jaloux. Ça me rendait inquiet, méfiant et malheureux.

J'aurais voulu enfermer Chloé dans une cage en verre pour être sûr de la garder pour moi tout seul. Je l'observais quand elle parlait aux autres gars de l'école. Chloé était tellement jolie que je m'imaginais qu'ils désiraient tous sortir avec elle.

Si je m'étais écouté, j'aurais acheté une

ceinture de chasteté comme les seigneurs le faisaient au Moyen-Âge quand ils partaient pour la guerre. En fermant ainsi à clé le bas-ventre de leur belle, ils s'assuraient de leur fidélité absolue. Ils étaient les seuls à conserver précieusement la clé de la liberté sexuelle de leur conjointe.

Là, j'exagérais.

Néanmoins, la jalousie me rongeait.

De son côté, Chloé semblait très froide. Elle n'avait pas mentionné la possibilité d'un autre moment où nous pourrions nous adonner à nos ébats. Je me disais que cette apparente froideur de sa part était le fruit de mon imagination, de mon impatience et de ma naissante jalousie.

Nous ne pouvions quand même pas passer nos journées, collés l'un à l'autre, à nous sourire béatement devant tout le monde. J'avais maintenant décidé de me ficher royalement des idées d'indépendance qu'on m'avait inculquées. J'aurais crié mon amour à Chloé devant l'école entière.

Cet après-midi-là, au basketball, je fus particulièrement malhabile. Je ratais tout. Au point où ma capitaine de blonde dut me laisser sur le banc plus souvent qu'à mon tour.

Le héros de la partie fut le grand Simon Lefort qui compta au moins la moitié des paniers de son équipe. C'était un peu normal. Depuis le départ de Philémon Papillon, il était le seul des deux équipes à dépasser tous les joueurs d'une tête.

— Chloé, je vais t'attendre à la sortie des vestiaires.

— Non, Sébastien, pas ce soir.

— Pourquoi pas?

— J'ai des courses à faire avec des amies. Une autre fois. De toute façon, il faut que je te parle. J'ai des choses à te dire. Je peux te téléphoner en fin de semaine...

— Demain, on pourrait se voir, si tu veux.

— Non, j'aimerais mieux te parler au téléphone.

Son ton n'était pas chaleureux. C'était clair qu'elle m'en voulait parce que j'avais mal joué. Elle aurait bien pu parce que, moi aussi, je me haïssais. Elle tenait tellement à gagner, ma capitaine préférée. Au contraire, moi, j'avais l'air de tout faire pour perdre.

C'était sûrement pour ça qu'elle ne tenait pas à retourner chez elle avec moi. Elle avait honte d'être vue à mes côtés. Je ne pouvais pas la laisser sur une note aussi triste.

Je m'approchai d'elle et je lui chuchotai à l'oreille.

— À quand la prochaine fois?

Je n'aurais pas dû.

Elle s'est montrée impatiente. J'avais l'impression de la déranger, d'être de trop. Pauvre Sébastien, quand apprendras-tu donc à savoir quoi dire et quoi faire au bon moment?

Ce n'était sûrement pas le temps, tout de suite après ta piteuse performance, d'aller faire une telle proposition à Chloé. Il aurait été préférable de t'excuser à genoux de ton jeu lamentable.

— On verra, on verra, répondit-elle évasivement comme pour se débarrasser de moi.

Vite, une bonne douche!

Ça remettait toujours en forme.

Sous la douche, je me sentis renaître et je pris une décision. J'insisterais auprès de Chloé pour l'accompagner. Avant ses emplettes, elle passerait sûrement chez elle.

J'aurais ainsi le temps de lui faire oublier ma piètre performance au basketball. Et puis, j'avais le goût de l'effleurer, de la toucher, de la voir, de l'entendre, de la sentir tout contre moi.

Rien que d'y penser, ça me rendait fébrile.

Rapidement, je m'habillai. Je ne tenais pas à rater ma chère Chloé. Je n'aurais pas dû m'inquiéter autant, je ne la raterais pas.

Le vestiaire des filles était situé à l'autre extrémité d'un long couloir. D'un pas rapide, je me dirigeai vers le lieu privilégié où tous les gars rêvaient de pénétrer un jour.

Je n'eus pas le temps de m'y rendre.

Dans un coin du couloir, entre les cases, j'aperçus deux corps enlacés. Le baiser qu'ils échangeaient n'avait rien à voir avec l'amitié.

Mais tout à voir avec l'amour.

Chloé Beaupré était dans les bras de Simon Lefort.

Ma Chloé.

Ma chère Chloé.

J'en avais le souffle coupé.

Les deux capitaines s'en donnaient à coeur joie. Ce n'était pas la gêne qui les étouffait, ces deux-là. Quand Chloé m'aperçut, il était déjà trop tard.

À toute vitesse, je fuyais ce lieu maudit, trop blessé et humilié pour dire quoi que ce soit. Dans ma tête, il y avait une immense confusion. Je n'arrivais pas à comprendre ce qui m'arrivait. Des sanglots me montaient à la gorge. De la rage. La rage d'avoir été honteusement trahi.

Du fond du couloir, j'entendis à peine Chloé qui criait:

— Sébastien, je peux t'expliquer...

M'expliquer quoi, Chloé Beaupré?

Il n'y avait vraiment rien à expliquer.

J'avais tout compris.

Cruellement. Oui, j'avais tout compris.

Chapitre 9

Alerte générale

— Qu'est-ce qui ne va pas, mon Sébastien? Laisse-moi entrer, je tiens à te parler, j'ai des choses intéressantes à te raconter.

Mon père.

Mais d'où sort-il donc? Que vient-il faire ici?

Je sais, c'est facile à deviner. Ma mère a sûrement appuyé sur le bouton marqué panique et il est accouru. Elle n'a pu tenir le coup seule avec Marie-Louise.

Urgence oblige.

Après tout, le fils de la maison est au beau milieu de sa crise d'adolescence et elle ne sait plus à quel saint se vouer. Je la comprends de ne plus voir clair dans mon comportement.

Tu n'es pas la seule à essayer de courir dans la brume épaisse. Moi non plus, maman, je ne sais plus à quel sein me vouer.

D'un coup, j'ai tout perdu.

Tu comprends ça, j'espère, tout perdre en une seconde?

— Tu sais, on passe tous par là, un jour ou l'autre. Quand j'avais ton âge, mon gars, je me souviens d'avoir traversé certaines périodes particulièrement pénibles à vivre. Je m'en souviens d'ailleurs comme si c'était hier.

Je me souviens, en personne.

De la grande visite.

Avec sa mémoire d'éléphant et son éternelle jeunesse.

Même si je voulais, avec mon père, je ne pourrais pas avoir droit à une jeunesse un peu originale, un peu différente de la sienne. Non, il n'accepterait jamais ça. Mon père a tout vécu et tout compris. En plus, il sait rester jeune. De ce temps-là, c'est d'ailleurs moi qui vieillis. Lui, il rajeunit de jour en jour.

— Il faut apprendre à se battre parce que rien n'est jamais facile. Pour personne, tu sauras. Si tu veux, on pourrait peut-être en parler tous les deux. Tu sais, ton père, à la longue, il a fini par en savoir des tas de choses sur la vie.

Jeune et expérimenté, on ne peut donc jamais rien apprendre à mon père. C'est un vrai héros dans la force de l'âge. Avec ses belles formules toutes faites, il a toujours l'explication juste. Vraiment inattaquable et imbattable.

Que je suis comblé d'avoir pour parents une vraie mère et un grand héros! Et te voilà, cher père-héros, ce soir, sur ton grand cheval blanc, volant au secours de ton fils vieillissant qui lance des signes de détresse. S.O.S., raconte-moi.

Un conseil, papa: ménage tes énergies.

Tu as sûrement d'autres chats à fouetter. Ne viens pas perdre ton temps à essayer de voir clair dans la nuit chaotique de ton fils ingrat et révolté.

Même si je pouvais me confier à quelqu'un, penses-tu sérieusement que c'est à toi que je m'adresserais? Non, surtout pas à toi. Tu n'as jamais écouté personne. Encore moins ton fils. Et ce n'est sûrement pas maintenant que tu vas changer. Même si tu as su te conserver jeune, il est beaucoup trop tard.

— ... ce sont des étapes qu'il faut franchir pour arriver à une meilleure connaissance de soi et des autres...

Je te le répète, Benoît Letendre, c'est inutile.

Retourne chez toi et garde pour d'autres tes phrases creuses. Loin de m'aider, tes conseils augmentent le brouillard. Et je suis sûr que tu t'ennuies déjà de ta chère Anne Laprairie. Si tu étais vraiment un père pour moi, sais-tu ce que tu ferais? Et bien, je vais te le dire, moi.

Cette nuit même, tu proposerais à ta chère Anne, ma belle, douce et charmante ex-gardienne, de venir tendrement dépuceler ton fils. Oui, ton fils a raté son entrée et est encore puceau. Le beau geste noble et généreux que tu poserais là, mon cher papa! Tu deviendrais alors mon héros, mon vrai héros!

Pour la vie, papa, je te le jure!

Par la suite, tout au long des années, tu pourrais jouir avec fierté de la fidélité et de la reconnaissance éternelles de ton fils. Un fils ne peut pas oublier un si grand geste d'amour de la part de son père.

Mille fois merci, papa!

Voyons, Benoît, ne fais pas cette tête-là, ça te vieillit horriblement. Moi, je disais ça en blague. Sans aucune arrière-pensée. Regarde-moi: j'en ris aux larmes et j'en pleure de joie. Pour une fois, n'essaie pas de comprendre, car il n'y a rien à comprendre. Même pour toi.

Tu peux repartir la conscience en paix. Tu as fait ton devoir de père, tu as tenté de secourir ton fils, mais tu vois bien que c'est inutile. Il ne manifeste aucune bonne volonté. Tu as fait tout ce qui était humainement possible. Ce n'est pas ta faute si ton fils souffre autant. Il est d'ailleurs grand temps qu'il devienne un homme.

Quant au reste, ça finira par se passer. Ça ne peut pas en être autrement. Comme toutes les autres crises d'adolescence passées, présentes et futures, ça passera. Questions d'étapes à franchir. Tu l'expliques d'ailleurs si bien toi-même.

— ... si tu as besoin de moi, en tout cas, n'hésite pas à me téléphoner. Je serai toujours là pour toi. Tu peux compter sur ton père, mon gars. Donne donc plus souvent de tes nouvelles, ça nous ferait plaisir à Anne et à moi.

Bien sûr, papa, que je te donnerai des

nouvelles.

Dans la semaine des quatre jeudis ou quand les poules auront des dents?

C'est à toi de choisir.

Bonsoir, papa.

Bonne nuit, Benoît.

Dans les tendres bras galactiques de ma gardienne préférée.

Chapitre 10

La blessure

Et voilà, tout est dit.

Si je m'écoutais, je les tuerais.

Oui, je les tuerais. Tous les deux.

Si je pouvais être assuré de commettre un crime parfait, je n'hésiterais pas. Pas un seul instant à éliminer Chloé Beaupré et Simon Lefort.

Les traîtres.

Il faudrait cependant que je trouve un moyen de maquiller mon crime. Pour n'éveiller aucun soupçon, le meurtre devrait prendre les apparences d'un suicide. Le pacte d'un couple de jeunes adolescents. Ils fuient ensemble et à jamais la vie ignoble qui se dessine devant eux.

Rien de bien exceptionnel là-dedans.

Au contraire, ça fait maintenant partie des faits divers de l'époque. Durant quelques jours, ça donne un peu mauvaise conscience aux adultes. Juste le temps qu'ils en parlent dans leurs journaux et sur leurs réseaux de télévision.

Je vois déjà la scène.

J'entends les clameurs de la population, les statistiques qui ne mentent jamais, les plus grands spécialistes qui défilent armés de leurs savantes interprétations.

Le désespoir vient encore une fois de frapper un couple de jeunes adolescents. Quoi de plus normal dans un monde qui n'offre plus aucun espoir à nos jeunes. Ils sont condamnés à mourir à petit feu à cause de nous, les adultes.

En héritage, nous leur laissons un gâchis total: le chômage garanti, l'épidémie incontrôlable des MTS, la menace nucléaire, la faim dans le monde et une planète tellement polluée qu'on peut malheureusement la considérer comme la poubelle de l'univers. Dans ce contexte peu reluisant, l'avenir des jeunes est déjà chose du passé. Pauvre génération perdue!

Pauvre humanité perdue!

Pauvres chers adultes!

Avec eux au gouvernail, on ne devrait plus s'inquiéter.

Ils sont drôlement encourageants quand ils s'y mettent. Au moment bien choisi, ils savent devenir pathétiques et touchants. Nous, les jeunes, ils nous comprennent tellement. Surtout quand on se suicide. Le reste du temps, bonne chance si vous voulez vous faire entendre d'eux.

Le devoir principal des adultes n'est-il pas de nous comprendre? Pas de nous écouter, à ce que je sache. Et surtout pas d'essayer de changer les choses.

Peut-être les empoisonner.

Je pourrais leur faire avaler une bonne dose de poison sans qu'ils s'en aperçoivent. Un crime parfait. Mon rêve réalisé.

Voyons, Sébastien, reviens sur terre.

Un crime parfait, ça ne se voit que dans les bons romans policiers écrits par de véritables spécialistes des empoisonnements sélectifs.

Dans la vraie vie, c'est difficile de trouver un poison et encore plus, de le faire avaler à d'autres. Et aujourd'hui, avec les techniques modernes, les médecins légistes pratiquent sur les cadavres des autopsies très minutieuses. On ne peut plus guère camoufler grand-chose. Et encore moins un crime.

Les tuer. Obsession meurtre.

À bout portant, si possible.

Par contre, si je les tue à bout portant, ça ne ressemble pas à un suicide. Passer le reste de mes jours en prison, ça ne me réjouit pas vraiment.

Non, je dois me rendre à l'évidence.

Je ne peux pas appliquer cette solution qui serait pourtant si simple à exécuter, mais qui ferait de moi le suspect numéro un dans cette affaire. Selon les règles établies, je ne suis pas à la guerre. Je n'ai donc pas le droit d'exécuter mes ennemis.

Malheureusement.

Tout à coup, un grand vertige.

Un trou noir.

Je suis seul. Tout seul. Horriblement tout seul.

Depuis trois jours, j'ai une grosse boule qui m'oppresse le thorax et qui m'empêche quelquefois de respirer. Si je pouvais la cracher ou la vomir cette damnée boule, je sens que ça me ferait un bien immense.

Vomir, c'est écoeurant. Par contre, ce n'est pas plus dégoûtant que la vie, que ma vie. Vomir, au moins, ça permet de faire un grand ménage dans le coeur. Mais c'est inutile, je n'ai plus rien dans le coeur.

Je ne vaux plus rien.

Je ne veux plus rien.

Je ne suis plus rien.

Le pire, c'est que personne ne peut m'aider. Autour de moi, on fait semblant de me comprendre. Chacun a sa solution magique. C'est la manière habituelle de procéder.

L'hypocrisie, toujours l'hypocrisie.

Toujours faire semblant pour se protéger d'avoir trop mal.

Franchement dégoûtant.

Pourquoi ne m'a-t-on jamais averti que ça faisait aussi mal? Pourquoi personne n'a-t-il pris le temps de m'expliquer? Non, tout le monde est unanime: la vie est tellement belle qu'il ne faut pas en manquer une seule seconde.

Foutaise! Ignoble foutaise!

Je veux m'endormir.

Pour longtemps.

Pour m'éloigner de la fosse aux lions.

Pour éviter toutes les corridas du monde

où je serai toujours le taureau sacrifié pour le plaisir des foules.

Pour fuir à jamais la course à l'amour où je suis condamné à être un éternel perdant.

La vie, un marathon?

Laissez-moi rire.

Que le spectacle continue! Mais sans moi.

Je pleure.

Encore une autre fois.

Je ne les compte plus.

C'est plus fort que moi. Je ne pensais pas qu'un corps pouvait contenir une telle réserve de larmes. Les larmes, ça laisse un léger goût de sel sur les lèvres. La mer. Les vagues. Le sable doux.

Ton corps tout doux et tout bruni par les chauds rayons du soleil. Nos lèvres salées qui se touchent et nos langues qui dansent joyeusement ensemble.

Alors pourquoi le désert? Pourquoi cette sécheresse insoutenable?

Je suis un désert ambulant.

Des immenses étendues vides.

Il fait toujours nuit.

Il n'y a plus d'oasis, il n'y en aura jamais plus. Je vois des grands oiseaux noirs au-dessus de ma tête. Les oiseaux du désert et de la mort. Eux, ils ont appris à attendre. Ils savent que ce n'est qu'une question de temps avant de savourer leur grand festin. Ils cultivent la patience.

Le cauchemar.

Toujours ces grands oiseaux noirs qui me guettent. J'entends le cri des hyènes qui se rapprochent dans la nuit. Les oiseaux ne cessent de m'observer. J'ai peur d'être hypnotisé et de m'endormir.

Je combats, je ne veux pas mourir aussi atrocement. Au prochain cauchemar, j'arrêterai de me battre. Ce n'est plus la peine.

Mieux vaut se laisser faire. Je suis rendu au bout de ma course. Les derniers kilomètres.

Sans Chloé, ma vie n'a plus aucun sens.

Cette boule dans ma gorge, c'est de la rage.

J'ai la rage au coeur.

Avec raison.

Depuis trois jours, je n'écoute qu'une chose: *Une blessure d'amour*, la plus belle des chansons de Macédoine 649. Cent fois meilleure que *La chaleur d'un amour*.

Plus vraie aussi.

Beaucoup plus vraie.

Chloé, si tu savais tout le mal que tu me

fais. Je n'arrive pas à comprendre pourquoi.

C'est un grand vertige
qui s'insinue partout
et qui en vous se fige
en se riant de vous

Ça prend un malin plaisir
à vous arracher tous vos désirs
et sans le moindre répit
ça s'agrippe à votre vie

Ça remplit votre esprit
de si tristes graffiti
que le moindre des tourments
devient un cauchemar permanent

Ça se glisse sournoisement
dans les pores de votre peau
et ça vous envahit tellement
que vous en perdez tous vos mots

Ça condamne votre coeur
à être prisonnier
d'une atroce douleur
qui ne cesse de blesser

Quand la peine est si immense
oui, oui, il faut la pleurer
car la vie n'a plus de sens
sans le droit de pleurer

Chapitre 11

Le droit de pleurer

— Sébastien, j'ai besoin de te parler. S'il te plaît, laisse-moi entrer.

Marie-Louise.

Que lui arrive-t-il encore? Vont-ils enfin comprendre que je veux qu'on me fiche la paix? Je ne veux pas vous laisser entrer. Personne. Est-ce assez clair?

Tout de même bizarre.

J'ai la drôle d'impression que Marie-Louise pleure. Probablement qu'elle vient de se disputer avec son dernier grand amour. Ils en sont peut-être déjà rendus à la rupture. Est-ce que c'est possible qu'elle souffre autant que moi? Est-ce que c'est possible de souffrir autant que moi?

Non, impossible.

— Laisse-moi entrer et on va pleurer ensemble, Sébastien. Tout ce que je veux faire, c'est pleurer dans tes bras. Je te promets que je ne vais pas te parler, ni te questionner. Tu n'as pas à avoir peur. Si tu savais comme je n'ai pas le coeur à parler.

C'est invitant.

D'ailleurs, je commence à en avoir assez d'être seul dans ma chambre et de pleurer devant le miroir. Et mon honneur restera sauf puisque c'est Marie-Louise qui propose de venir me rejoindre. Ce n'est pas moi qui ai fait les premiers pas. Je ne perds donc pas la face. Le peu qui m'en reste.

Après tout, pourquoi pas? J'ai déjà tout perdu, je n'ai donc plus rien à perdre.

J'ouvre à Marie-Louise.

La traîtresse!

Elle est là devant la porte et elle me sourit à pleines dents. C'est incroyable de manquer autant de discernement. Je ne me laisserai pas faire. Je saute sur elle, j'ai l'intention de la frapper, de la mordre, de l'humilier comme elle essaie de le faire avec moi. Elle va voir que des dents, ça peut servir à autre chose qu'à sourire bêtement.

On se chamaille. Malheureusement, elle

est plus habile que moi. Depuis quelques années, elle suit des cours de karaté. En quelques secondes, elle m'immobilise au plancher. Une autre défaite. C'est trop, je craque.

— C'est injuste, pourquoi ça m'arrive à moi? Chloé Beaupré, je t'aime tant que je t'en veux à mort de m'avoir fait ça. Tu m'écoeures, Marie-Louise, tout le monde m'écoeure! Personne ne comprend rien à rien. Je te conseille de me lâcher, Marie-Louise, parce que tu vas le payer très très cher.

Puis, je me lance dans une longue crise de larmes et de rage digne d'un enfant de deux ans. Je me débats, j'essaie de me libérer de Marie-Louise. Mais c'est inutile, rien à faire, je suis prisonnier. Elle ne lâche pas prise. Battu par ma propre soeur. J'ai le goût de frapper, mais je ne peux pas.

Blessé.

Humilié.

Profondément.

Malgré tout, je sens que ça me fait du bien.

Au bout d'une demi-heure, je suis apaisé. Je n'ai plus la moindre énergie pour combattre et je commence à avoir faim. Marie-

Louise me serre alors dans ses bras. Tendrement. La chaleur de son corps me réconforte. J'essaie de m'abandonner à cette tendresse. Ce n'est pas facile.

J'ai peur d'avoir l'air ridicule.

La même maudite peur.

L'éternelle peur.

On dit que le ridicule ne tue pas, c'est vrai. Mais il peut faire mal, très mal. Je recommence à pleurer de plus belle. Un flot de larmes au moment où je croyais ne plus en avoir une seule.

Il ne faudrait pas que mes amis me voient pleurer dans les bras de ma soeur. Là, je serais vraiment la poule mouillée qu'ils soupçonnaient déjà que j'étais.

Selon eux, au lieu de pleurnicher et de m'apitoyer sur mon sort, j'aurais dû me rendre à l'école. Pour me battre avec Simon Lefort et lui arracher Chloé Beaupré. Mais ce n'est pas mon genre. Je n'ai d'ailleurs pas de grandes aptitudes de bagarreur. J'aurais toujours pu engager Gros-Tas pour exécuter cette sale besogne.

À quoi bon?

Et puis, ça n'arrangerait rien.

Que je le veuille ou non, Chloé Beaupré et moi, c'est fini. Je l'aime encore, mais elle ne m'aime plus.

D'ailleurs, je me demande si elle m'a déjà aimé. Probablement pas. Les menstruations, c'était sûrement un prétexte pour ne pas faire l'amour.

Elle n'avait pas le goût.

Facile à comprendre.

Mais difficile à accepter.

Maintenant, elle aime la grande girafe à Simon Lefort. C'est injuste, ça, c'est sûr. Pourtant, que puis-je faire de plus que la pleurer? C'est une partie de moi-même qu'on m'arrache. J'étais attaché à elle. Chloé, c'était ma belle exception, ma peau de velours, ma capitaine passionnée. L'amour, la première fois, j'aurais donc aimé ça le faire avec elle.

Mais je dois l'oublier.

Sébastien Letendre sans Chloé Beaupré.

Difficile à imaginer. Et impossible à accepter.

En attendant de m'habituer à cette idée qui me déplaît tant, je souffre d'une immense blessure d'amour. On n'en meurt pas, c'est évident. Cependant, ça fait très très mal.

Très mal en dedans.

Et heureusement qu'on a le droit de

pleurer.

Sans ça, la vie serait trop difficile et n'aurait vraiment plus de sens.

Finie la chaleur de mon amour!

Adieu Chloé!

Fin...
d'un premier grand amour

Table des matières

Achevé d'imprimer
sur les presses de Litho Acme Inc.
3e trimestre 1989